Where the Dragon's Rain Falls

Where the Dragon's Rain Falls

3

summer

Aus dem Koreanischen von Jessica Walther

Inhaltsverzeichnis

Kapitel 18

RASCHEL
Hey! Wieso kommst du denn allein? Wo ist Hwar-yun?
Na ja... gefunden habe ich ihn schon, aber...
... der hat sich gerade den Mund unseres Dieners aus der Nähe angesehen...
Hmpf...
Ah...

Unsere Blicke sind sich kurz be- gegnet...
Seiner verriet mir, dass ich tot bin, wenn ich auch nur einen Mucks von mir gebe.
WABER
Ah, Moment...
Was? Meinst du etwa Suu?
Aber warum sollte der gerade hier rumwan- dern?
Das wird Hwaryun jetzt wohl raus- finden.
Die Assassine sind alle erledigt.
Ich habe auch sein Pferd in der Nähe gesehen, er wird also bald kommen.
Wir sollten uns jetzt auch beeilen. Das Jagdhorn hat schon vor einer ganzen Weile das Ende der Jagd angekündigt.

Ich möchte nicht noch anderen Prinzen begegnen.
Am liebsten hätte ich Hwaryuns Blick auch ignoriert und ihn zur Eile getrieben... Aber das konnte ich einfach nicht...
Hwaryun ist doch schon ganz ausgehungert gewesen...
Stimmt auch wie-der...
FEIERLICH
POFF
ERNST
Na ja, man hat es ihm ja bereits angesehen, dass ihm der Kerl gefällt.
Der Diener mag zwar von niederer Geburt sein, aber er fällt genau in sein Beute-schema.

Jemand, der nützlich ist.
Stimmt... Ich frage mich, ob Hwaryun ihn schon bald zu seinem Nutzen einsetzt.
Bestimmt. Er kann schließlich genauso schlecht den Harem ausspionieren, wie die edle Konkubine den Schrein.
Ich finde Suu aber auch echt niedlich. Er gefällt mir.
Dir haben schon immer Männer aus der niederen Klasse gefallen.
Stimmt, die sind einfach so praktisch. Wenn ich genug von ihnen habe, kann ich sie problemlos beseitigen.
Finger weg von meiner Dienerschaft!
BUUU

BUUU
Das ist das Signal zum Ende der Jagd...
Die scheinen in unsere Richtung zu kommen.
Sehr gut, wir können uns dann gleich anschließen, wenn sie hier entlangkommen.
Oh...
Es ist also schon so weit...
MURMEL
Alles in Ordnung? Du bist die ganze Zeit über schon so bleich...
Alles gut...
Wie bereits gesagt, bin ich nur etwas nervös.
Du kannst es ruhig sagen, wenn es dir nicht gut geht.
Bei einer Jagd gibt es immer wieder Diener, die sich verletzen.
Wenn du nicht laufen kannst, trage ich dich...
Haha, du willst mich tragen?

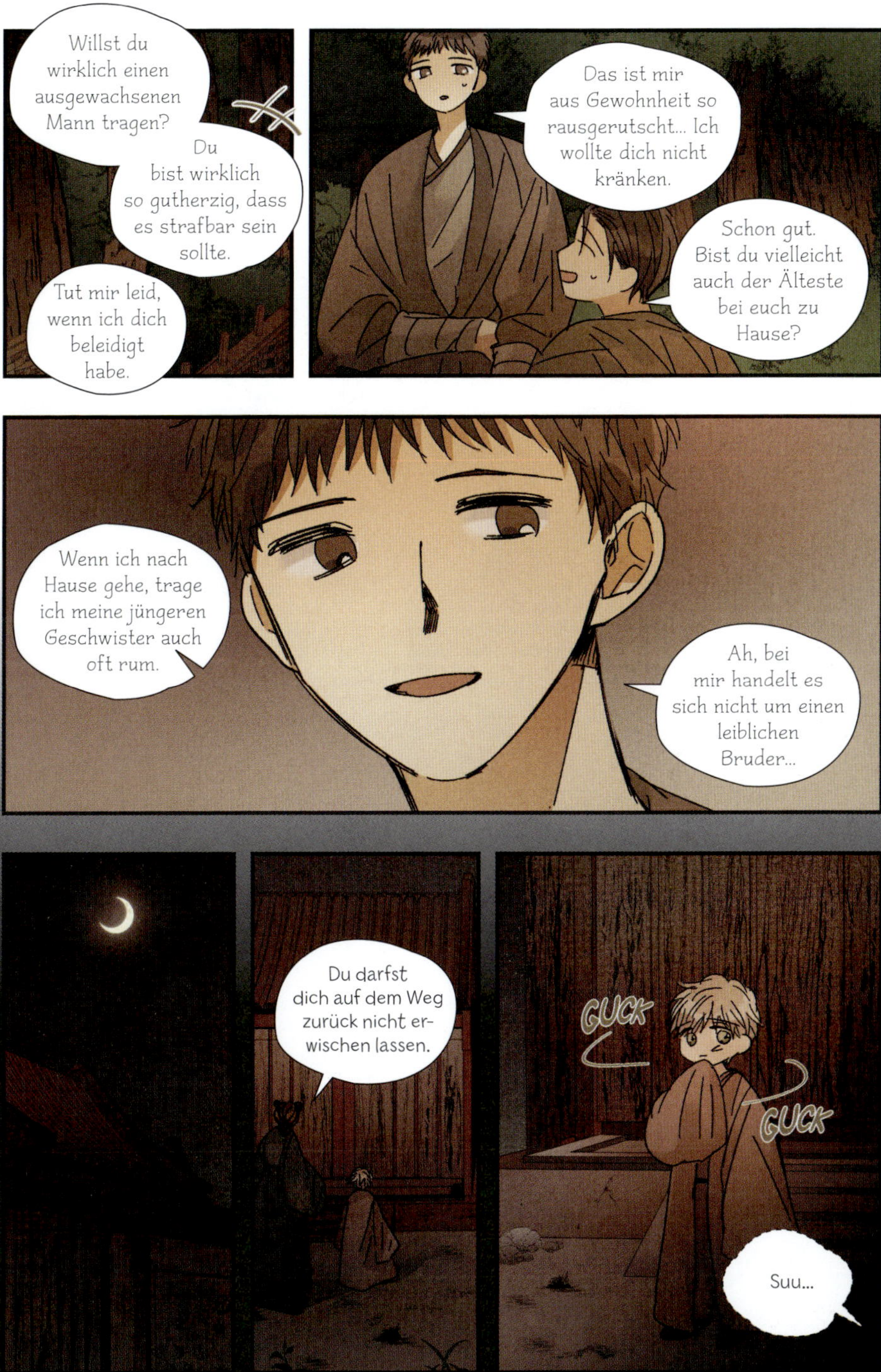
Willst du wirklich einen ausgewachsenen Mann tragen?
Du bist wirklich so gutherzig, dass es strafbar sein sollte.
Tut mir leid, wenn ich dich beleidigt habe.
Das ist mir aus Gewohnheit so rausgerutscht... Ich wollte dich nicht kränken.
Schon gut. Bist du vielleicht auch der Älteste bei euch zu Hause?
Wenn ich nach Hause gehe, trage ich meine jüngeren Geschwister auch oft rum.
Ah, bei mir handelt es sich nicht um einen leiblichen Bruder...
Du darfst dich auf dem Weg zurück nicht erwischen lassen.
GUCK
GUCK
Suu...

Suu! Hier drüben! Komm hier rüber!
STRAHL
Pst! Pssst!!!
SCHWUPP
HINK
Suu! Was ist denn mit deinen Beinen?! Wurdest du ausgepeitscht?!

S...Steig erst mal auf.
Ich verstehe kein Wort, aber das klingt mir nach fluchen.
Na los! Wenn sie rausfinden dass ich heimlich entwischt bin, um dich zu holen, kriegst auch du wieder Ärger.
KNUDDEL
Suu, ich bekomme keine Luft, wenn du dich so an mich klammerst!
Aber sag mal, Suu...
... was machst du jede Nacht in dem Nebengebäude mit unserem Herrn?

Nadan...
Suu, halt dich gut fest.
Oki...
Das heißt okay, nicht oki.
Ich habe ihn früher... wirklich viel herumgetragen...

Tut mir leid.
Was?
Du scheinst ein wirklich anständiger Kerl zu sein, aber ich bereite dir bis zum Schluss nur Schwierigkeiten.
Es geht aber leider nicht anders.
Jemandem wie mir... bleibt keine andere Wahl.
BUUUU
Oh, das ist die Flagge der kaiserlichen Garde.
Lass uns denen gleich folgen. Geh schon mal, ich kümmere mich um das Gepäck.
Trotzdem habe selbst ich ein kleines Talent...
Und zwar das Bogenschießen.
Meine Mutter hat es mir beigebracht, als ich noch ein Kind war.
Wow, das ist ja toll. Ich habe selbst schon manchmal einen Bogen...

Hwaryun, siebter Prinz, stell dich!!!
Ist dir bewusst, wie das Volk zu deinen Füßen lebt?!
Es wird kein Regen über Rahan fallen, solange unreines Blut nach der Macht greift!
Ich wette, Hwaryun geht bis zum Schluss, bevor er runterkommt.
Ich wette dagegen. Was ist dein Einsatz?
Selbst der himmlische Sohn, der Kaiser persönlich, ist krank geworden, nachdem Hwaryun, der das Feuer in seinem Namen trägt, zum Kronprinzen erhoben wurde!
?

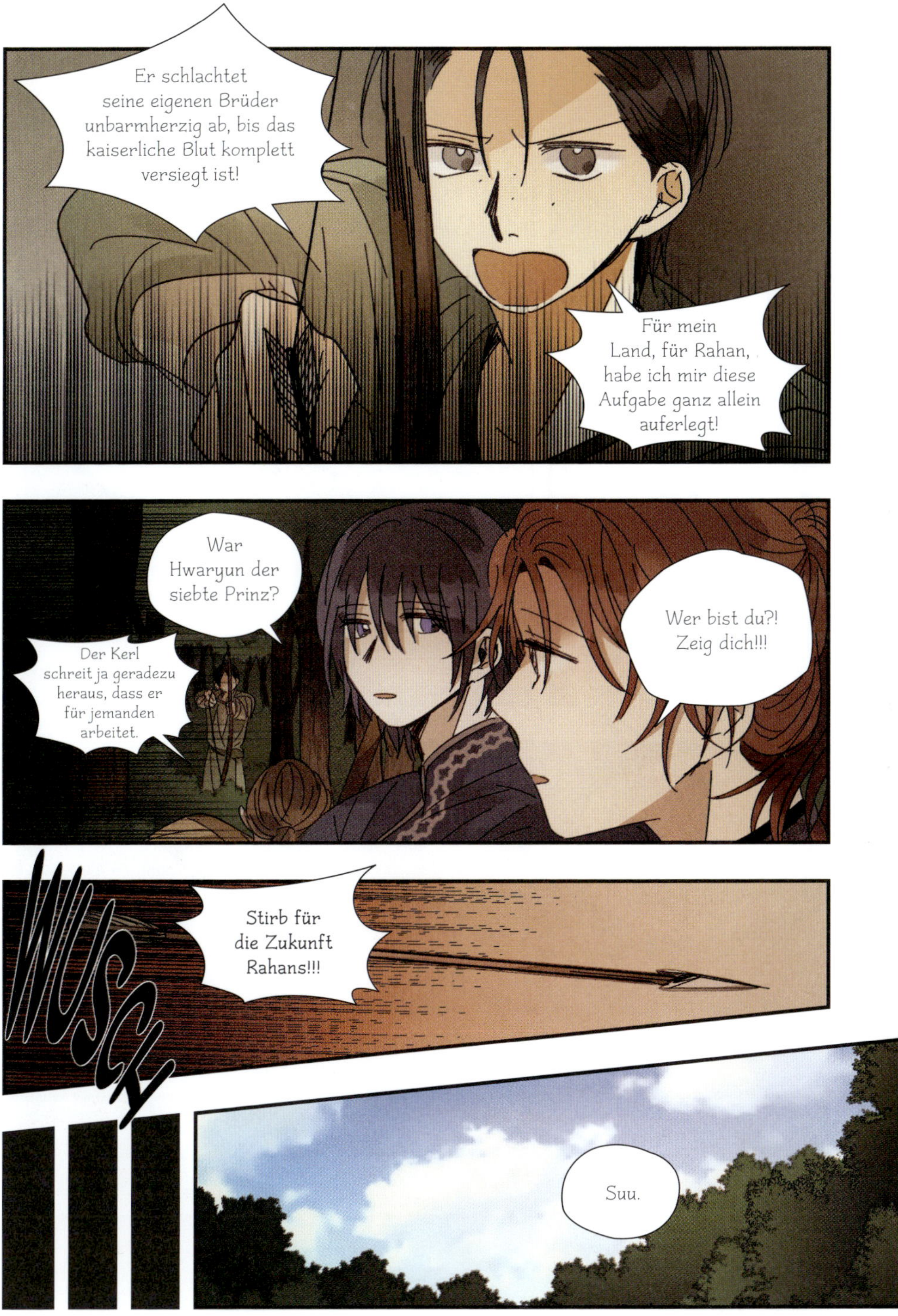
Er schlachtet seine eigenen Brüder unbarmherzig ab, bis das kaiserliche Blut komplett versiegt ist!
Für mein Land, für Rahan, habe ich mir diese Aufgabe ganz allein auferlegt!
War Hwaryun der siebte Prinz?
Der Kerl schreit ja geradezu heraus, dass er für jemanden arbeitet.
Wer bist du?! Zeig dich!!!
Stirb für die Zukunft Rahans!!!
WUSCH
Suu.

Ich bringe dich zurück, also lauf langsam, sonst fällst du noch hin.
Ich wollte ihm doch nur kurz etwas zu essen holen!
Seine Hoheit hat sich bestimmt irgendwo versteckt und ist am Verhungern!
Und wenn er dann auch noch mitkriegt, dass Ihr schon wieder an meiner Seite seid...
Du hast schon wieder ohne mich mit Suryeon gespielt!!!
Wäääh!!!
Er wird mich das eindeutig tagelang büßen lassen.
SCHMEISS
Hmm, Seiner Hoheit scheint es nicht zu gefallen, wenn du Zeit mit mir verbringst.
In seinem Alter möchte man eben nicht gern außen vor gelassen werden.
Denkst du wirklich, dass das der einzige Grund ist?

Was wollt Ihr damit sagen?
Er kann Euch nicht ausstehen, mein Herr. Deshalb bin ich vorsichtig.
Den Grund dafür werdet Ihr wohl am besten kennen.
Nichts weiter.
Das war nur eine einfache Frage.
Ich habe keine Ahnung.
Hört mal, mein Herr.
Ich bin ganz Ohr.
Wenn wir schon beim Thema sind...
... auch kleine Kinder können es bereits spüren, wenn sie nur ausgenutzt werden.

Allerdings bin ich nur ein einfacher Diener, der nicht in die Machtspielchen der oberen Klasse verwickelt werden möchte.
Prinz Sahara tut mir zwar leid, aber ich denke, dass das die Bürde seines adeligen Blutes ist.
Bitte erlaubt mir, mich nach dem Ende der Festlichkeiten aus dem Dienst zurückzuziehen.
Genügt dir dein Lohn dafür nicht?
Darum geht es nicht.
Um was dann?

Ich habe Angst, dass auch ich dabei umkomme.
Pfft!
Warum lacht Ihr denn?! Auch Diener haben ein Recht auf Ihre eigene Meinung!
Wenn es nur darum geht, brauchst du dir wirklich keine Sorgen zu machen.
Ich werde dich wiederbeleben.
So oft es auch nötig sein mag.
Sagt man in so einem Fall nicht eher, dass man jemanden beschützen wird?
Wie du vorhin bereits gesehen hast, kann ich gerade so mich selbst beschützen.
Außerdem...

… würdest du mir vermutlich nicht so leicht vertrauen, wenn ich sage, dass ich dich beschütze.
Ihr gehört zum inneren Kreis des Kronprinzen, habe ich recht? Seid Ihr vielleicht ein Teil seiner Garde?
Wie auch immer, ich habe wirklich nichts gegen die Leute im Umkreis des Kronprinzen, also bitte versteht das nicht falsch.
Ich möchte nur nicht sterben, weil ich auf der falschen Seite stehe.
Pfft!
Also wirklich! Ich meine das vollkommen ernst, also warum lacht Ihr dauernd nur?!
Hihihi…

Dann stell dich nicht auf die Seite des Kronprinzen, sondern auf meine.
Ich bin bereit, sofort zu fliehen, wenn es sein muss.
Pst! Was ist, wenn Euch jemand hört?!
Kaiserliche Wachen können doch nicht einfach so von Fahnenflucht reden!
Wieso denn nicht? Auch Wachen sind nur Menschen.
Ich habe sogar schon eine Fluchtroute übers Meer geplant, sollte es schlecht für den Kronprinzen aussehen.
Wo wollt Ihr hin?
Wohin flieht man denn momentan am besten aus Rahan?
NEUGIERIG
Das verrate ich dir erst, wenn es so weit sein sollte. Sonst brichst du einfach direkt ohne mich auf!
Aber Prinz Sahara ist doch in letzter Zeit auch in einem recht bedenklichen Zustand...
Wenn dir diese Aufgabe schwerfällt, kann ich dir einen Diener für dich selbst bereitstellen.

Nein, nein. Die Arbeit ist sogar sehr angenehm…
Sie ist um einiges besser als alles, was ich je zuvor gemacht habe.
Trotz Eurer adeligen Abstammung sind sowohl Ihr selbst als auch Prinz Sahara so gut zu mir.
Das ist aber nur noch mehr Grund für mich, in den Harem zurückzuwollen.
Guten Menschen gegenüber…
… möchte auch ich als guter Mensch in Erinnerung bleiben.
Es ist mir eine Ehre, dass du mich als guten Menschen ansiehst.
Ich bin Euch wirklich sehr dankbar für Eure Güte…
… aber ich bin nur ein einfacher Diener, der Euch in keiner Weise bei Eurer Aufgabe behilflich sein kann…
Ich verstehe.

Lass uns später genauer darüber reden.
Urgh, und wann soll dieses »später« sein...?

Haha...
FLIMMER
Was für ein Dumm-kopf.
PLUMPS

Haah...
Hier bist du also raus-gekommen?
Ja, ich bin plötzlich auf einen Durchgang in der Wand gestoßen...
Ich dachte erst, dass Prinz Sahara vielleicht dort entlang-gegangen sein könnte, aber die Tür ist viel zu schwer für ihn...
Du hast also einen Geheimgang gefunden.
Mach dir keine Sorgen um Seine Ho-heit. Er wird bestimmt irgendwo sicher ver-steckt sitzen.

Ich wollte dich die ganze Zeit über schon etwas fragen.
Ja... Dann werde ich mal wieder reingehen.
Warte kurz, Suu.
Es ist von äußerster Wichtigkeit, also bitte sag mir die Wahrheit.
Wie? Aber was...

Es war gelogen, dass du noch Jungfrau bist, oder?
Und ich habe mir schon wieder sonst was gedacht...
Dieser kleine...
PLUMPS
...
KLAMMER
Mist... Das hat sich leider wirklich gut angefühlt... Das muss ich zugeben.
Ich habe mich von dem Moment mitreißen lassen...
Meine Beine sind immer noch wie aus Wackelpudding...
RUMS

Hi...Hi...Hi...
Hi?
Hilf mir! Ich habe nichts gesehen!
Ahh!!!
Was ist denn los? Gehörst du hier zum Schrein? Aber dein Gewand sieht nicht danach aus...
WABER
I...Ich bin nur ein einfacher Diener und wurde erst vor Kurzem hierher ver-setzt.
Ich wollte gerade meine Spätschicht antreten, aber niemand war auf seiner Position, deshalb...

SCHLEICH
Ahh!!!
Eure Hoheit...?

STR
AHL
Suu!!!
Suu! Da ist Suu!!!
Suu!!! Wo warst du?! Nimm mich hoch!
Das würde ich Euch gern fragen! Also echt!
TRIPPEL
Wo in aller Welt habt Ihr bloß gesteckt?!
Ich habe Euch ewig gesucht! Euretwegen bin ich sogar einem Wildschwein begegnet!!
Einem Wildschwein? War es lecker?
Nein!!!
Wo wart Ihr nur die ganze Zeit über und was habt Ihr gemacht? Was ist mit Essen?!
Ich?

Ich habe mit dem Onkel da gespielt.
Und Essen hat mir ein anderer Mensch gegeben! Nicht wahr?!
Oh, ja... Ja, genau! Das stimmt absolut!
Tut mir leid, dass du dich um den Prinzen kümmern musstest, dabei ist das doch meine Aufgabe.
Ja... Ach, nicht doch! Also... dann ist ja alles in Butter. Ich gehe dann mal zurück an meine Arbeit.
Ich muss noch die Geschenke, die als Zeichen der Dankbarkeit gekommen sind, zu den Gemächern der Prinzessin und des Kaisers bringen...
Der Prinzessin?
Hast du gerade gesagt, dass du zur Prinzessin gehst?
TROPF
TROPF

Ach je, ich dachte nicht, dass er sich so leicht rumschwingen lassen würde. Ich wollte eigentlich nur seine Schulter als Schutzschild benutzen.
Dieser Diener wird für seine Loyalität belohnt, da er seinen Herrn vor jeder Gefahr mit seinem eigenen Leben beschützt hat.
Das Haus Hon wird großzügig entschädigt, um die Trauer etwas zu mindern. Es werden auch alle Kosten für die dreitägige Beerdigung übernommen.
Nehmt den Assassinen lebendig gefangen, damit wir ihn befragen können.
L... Lady Hojeong, das wird etwas schwierig...

Also bis zum Schluss nur eine große Klappe.
Aber echt.
Er hatte wohl Gift bei sich und hat sich umgebracht...
Auch der Pfeil ist in Gift getaucht. Nur ein Kratzer davon und vorbei ist es.
Der ach so tolle Pfeil für Rahan konnte nicht mal sein Ziel richtig finden.
Lady Hojeong! Hier steckt noch einer!
Nein! Ich bin nicht...
In seinem Ärmel hat er das gleiche Gift versteckt, mit dem der andere sich umgebracht hat!

Wann hat er das nur...?
Dann verrate uns doch mal, warum du dich bis zum Schluss der Jagd mit dem Feind im Gebüsch versteckt hast?!
Reich mir mal jemand ein Schwert.
Ich bin doch nur...
Hier, mein Herr.
Das kann doch gar nicht...
So ist das nicht!
SCHWING
Du brauchst hier nicht so rumzuschreien.
Noch stirbst du nicht.
TSCHACK
WUMM
Krgh!!!
BÄMM
TSCHACK
!!!

Verstaut ihn unter dem Gepäck, sodass er nicht gleich auffällt.
Jawohl, mein Herr.
Was ist das für ein Aufruhr hier?
Ich hatte doch aufgetragen, jegliches Aufsehen zu vermeiden.
Habe ich etwa gegen eine Wand geredet?
Tut mir leid, der Kerl hier war zäher als gedacht.
Da bist du ja.

Was ist passiert?
Dieser leichtsinnige Wicht hat vor sich hin geflucht, was für ein durchgeknallter, temperamentvoller Spinner der siebte Prinz doch ist, der am helllichten Tage im Freien seine Diener begrapscht...
Sicher, dass das seine genauen Worte waren?
Dein Kurzzeitgedächtnis war ja noch nie vom Feinsten, Hojeong...
Zeig mir sein Gesicht.

Na ja, viel zu sehen ist bei dem ganzen Blut ja nicht mehr.
ZERR
Kennst du ihn?
...
Nehmt ihn mit. Ich werde ihn persönlich befragen.

Kapitel 19

Hwaryun.
Die Nächte sind noch recht kühl, du solltest also lieber nicht mit nassen Haaren hier draußen rumstehen.
Hach, vermutlich hat sich einfach seine Hitze noch nicht gelegt, da er vorhin nicht zum Schuss kam.
Willst du sterben?
Ich habe mir nur den Himmel angesehen.
Allein in den Himmel zu starren, wird leider keinen Regen bringen.

In der Hauptstadt wird es frühestens Ende des Monats regnen.
Ich vermisse die Zeiten, als die alte Hohepriesterin noch gelebt hat.
Sie hat damals nur vier Tage nach dem Laternenfest Regen herbeirufen können.
Aber da es niemanden gibt, der ihren Posten einnehmen könnte...
... bleibt der wohl leer. Somit wird die Korruption der Priester nur schlimmer...
Ach ja, mir wurde übrigens berichtet, dass Suu gerade bei Sahara ist.
Außerdem sind heute Nachmittag mehrere Diener verschwunden. Dahinter steckt wohl auch unser kleiner Prinz.

Schon wieder?
Wenn dauernd Diener spurlos verschwinden, machen irgendwann noch Gerüchte die Runde.
Es wäre also besser, wenn du Sahara anweist, mehr Nutzen aus Suu zu ziehen.
Im Moment können wir die Vorkommnisse noch im Trubel der Festlichkeiten unter den Tisch kehren, aber danach...
Suu...
Was ihn betrifft...

Glaubt ihr, er ist wirklich noch unerfahren?
Das solltest du ihn doch lieber selbst fragen.
Oder sollen wir das für dich überprüfen?
TSCHACK
Versuch es und du bist tot.
Ich habe ihn schon ge-fragt...
Wenn Ihr mir 30 Goldtaler gebt, dürft Ihr es selbst überprüfen!
Dein Preis ist in der kurzen Zeit aber ganz schön gestiegen.
Warum interessiert Euch das überhaupt so sehr?

In welchem Alter soll Suu noch mal seine Freiheit erkauft haben?
Es ist schwer zu glauben, dass ein Sklave aus einem fremden Land so etwas schafft, ohne sich zu verkaufen.
Hmm... Ich weiß nicht. In meinen Augen fehlt Suu das Talent, um seinen Körper zu verkaufen.
Er mag zwar ganz nett aussehen, aber er ist nicht sehr fügsam.
Dir mag der Kleine ja gefallen... Aber solche aufmüpfigen Kerle finden im Bett schnell ihren Tod.
Hwaryun.
Ich hatte noch keine Gelegenheit, dir davon zu berichten...
... aber es gibt da etwas, das du über diesen Diener wissen solltest.
Der Kerl begehrt kleine Kinder!
BRÜ
LL
Lady Hojeong...
Redest du gerade von dir selbst?
Willst du hier etwa meinen jüngsten Bruder beleidigen?
Ich beleidige doch nur dich.

Das ist mein voller Ernst. Er hat mir klipp und klar verraten, dass er Sahara als Mann ansieht.
Was gibt es?
Bitte verzeiht, dass ich Eure Unterhaltung störe...
FLÜSTER
Dein kleiner Bruder hat mir geschrieben, dass ich dich doch bitte davon abhalten soll, nach Hause zu kommen.
Ich weiß ganz genau, dass du das nur erfindest.
Grüß meine Faust.
Pah!
Hwaryun.
Mit einem Diener sollte man nicht so umspringen.
Der Kerl scheint wieder bei Bewusstsein zu sein.

So, mein Prinz, jetzt aber ab in die hoheitliche Heia.
Bin noch gar nicht müde…
Doch, doch, Ihr müsst früh schlafen, um groß und stark zu werden.
Damit Ihr selbst am nächsten Jagdfest teilnehmen könnt, mein Prinz.
Soll ich Euch ein Buch vorlesen?
Du scheinst aber gut gelaunt zu sein.
Was?! Ich bin doch so wie immer!
Dem kleinen Fuchs entgeht aber auch nichts…
Hmm…

Willst du einem älteren Kollegen nicht mal einen Gefallen tun?
Du musst mir doch nur ein paar Neuigkeiten überbringen.
Er war recht stur, weshalb es mehr Überzeugungskunst, leichter Drohung und unerwarteten Ausgaben brauchte als gedacht.
Ach, komm schon. Du bekommst auch was dafür!
Nein! Die Götter sehen alles!
Wenn Ihr nicht wollt, dann eben nicht. Ich wollte Euch nur beim Einschlafen helfen…
Aber ich bin wirklich froh, dass ich jetzt einen Weg gefunden habe, um Kontakt mit Nadan aufzunehmen…
…

Suu, was hast du da am Hals?
Wie?
Da ist es ganz rot...
Hat mich was gestochen?
Da!
Hier? Hier ist...
Doch nicht etwa von vorhin?!
KNUTSCH
Ahh! Jetzt lasst es doch mal gut sein!
Nö, keine Lust.

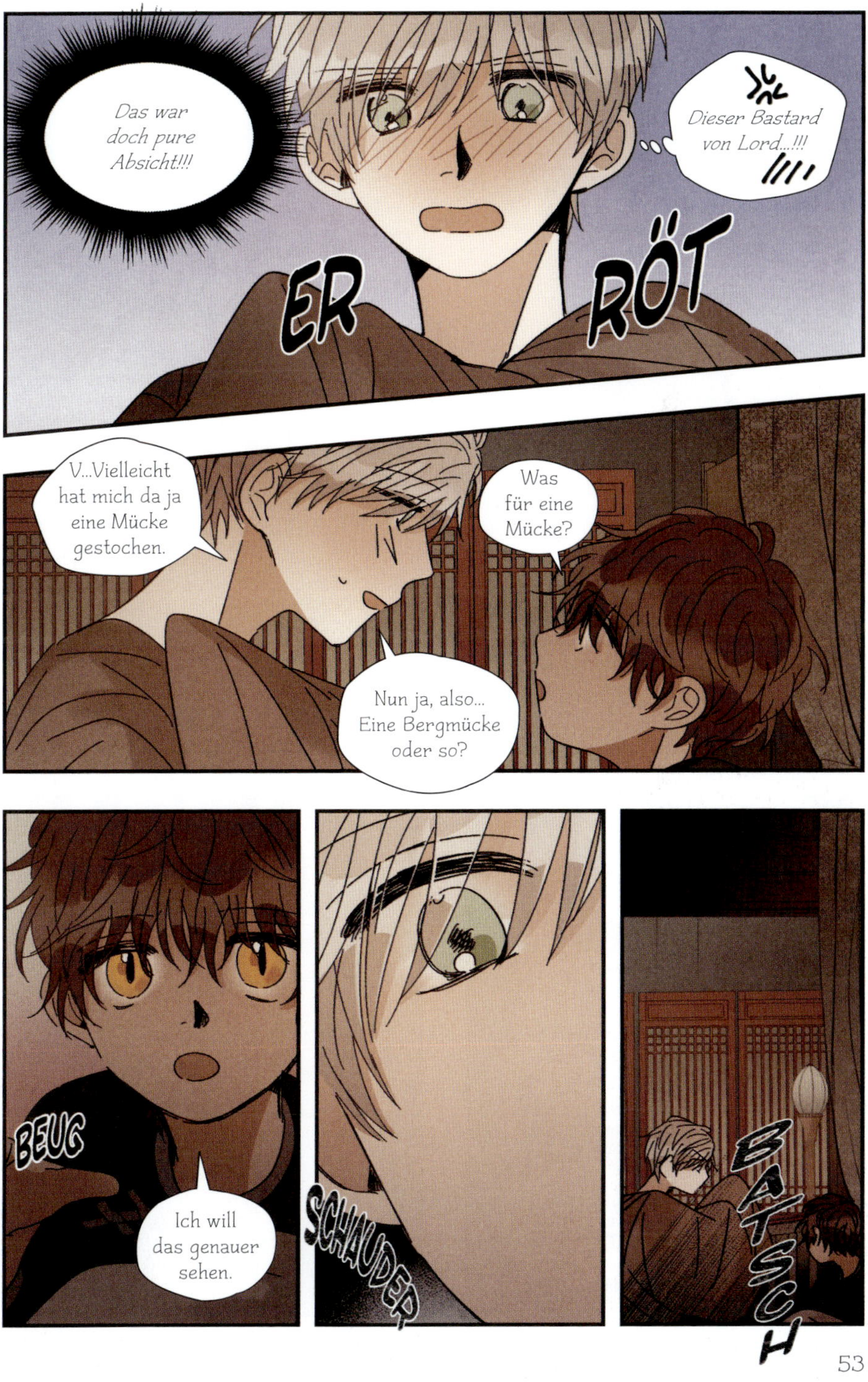
Das war doch pure Absicht!!!
Dieser Bastard von Lord...!!!
ER RÖT
V...Vielleicht hat mich da ja eine Mücke gestochen.
Was für eine Mücke?
Nun ja, also... Eine Bergmücke oder so?
BEUG
Ich will das genauer sehen.
SCHAUDER
BATSCH

Oh Gott...
Waaaah, es tut mir leid. Es tut mir so furchtbar leid!!! Mir ist es nur plötzlich so kalt den Rücken runtergelaufen, dass ich unbewusst...
Zeigt mal her! Ihr habt Euch bestimmt erschreckt!!! Tut es arg weh?!
Suu... Warum... schlägst du mich...?
Das soll also alles nur Zufall gewesen sein?
RASCHEL

Dass du mit dem Kerl, der sich selbst umgebracht hat, in einer Gruppe warst…
… und dass ihr euch auch nur am Wegrand bis zum Ende der Jagd versteckt habt, weil er so schwach gewesen ist und du ihn nicht allein lassen wolltest…
Und auch, dass das gleiche Gift, was der Kerl benutzt hat, bei dir gefunden wurde?
Auch wenn Ihr mir nicht glauben könnt, sage ich die Wahrheit.
Vor meinen Augen verschwimmt alles…
Ist das einer der Wachen?
Ich glaube nicht, dass ich ihn vorhin vor Ort gesehen habe…
Du willst damit also sagen, dass dir irgendjemand hier eine Falle gestellt hat?
Ich bin nur ein einfacher Wachposten, ich weiß nichts von so etwas.
Dann lass mich dich noch eines fragen.

Kennst du einen fremdländischen Diener aus dem Harem?
!
Ist in den letzten Tagen vielleicht jemand auf dich zugekommen?
Wer denn?
Na, irgendwer eben!
Nein, nicht dass ich wüsste.
Aber es herrscht so ein Trubel hier, dass ich mich nicht an jedes Gespräch mit jedem erinnere.
Wieso? Ist irgendwas?
Und vergiss nicht, was ich dir vorhin gesagt habe, ja?

Das ist wichtig! Was auch immer passiert, du weißt von nichts, okay?
Sag einfach nur, dass ich mich in Kürze selbst melden und alles berichten werde.
Gut, mache ich.
Ist Suu etwa schon wieder in irgendwas reingeraten?!
Ich kenne niemanden dergleichen. Bitte bringt mich um.
Er ist kein so guter Lügner wie ein gewisser anderer.
Gegensätze ziehen sich wohl wirklich an.

Hast du ihn umgebracht?
Nein, noch nicht.
Die Befragung kannst du doch auch mir überlassen, warum kümmerst du dich persönlich darum?
Wer ist er nur, dass du solche Mühen auf dich nimmst?
Hojeong.
Als du Nachforschungen über Suu betrieben hast, hast du da nichts über einen anderen Sklaven gefunden?
Einen guten Freund von ihm oder auch das Gegenteil.
Ein anderer Sklave? Du... bist doch nicht etwa wirklich so neugierig, was Suus Jungfräulichkeit angeht, oder?
Du hast doch früher immer getönt, dass ungeschickte Jungfrauen nervig seien. Was ist denn nur plötzlich mit dir los?

Du meintest doch, dass Suu im Haus des Verwalters von Jugang gearbeitet hat, richtig?
Wo war er davor?
In Guiju, etwas nördlich von Jugang. Das ist eine richtige Einöde dort.
Von der Zeit davor gibt es keine Aufzeichnungen.
Guiju also... Ist das nicht in der Nähe von Changcheon Sos Familie?
Willst du damit sagen, dass Suu etwas mit der edlen Konkubine verbindet?
Glaubst du etwa, dass auch der Kerl hier mit Suu unter einer Decke steckt?
Hojeong.
Jawohl.

Wir müssen Suus Vergangenheit noch mal genauer unter die Lupe nehmen.
Aber schau diesmal keine Aufzeichnungen durch, sondern such nach Leuten, die ihn kennen könnten.
Da sein Aussehen recht auffällig ist, werden sich bestimmt viele an ihn erinnern.
Ganz wie du wünschst.
Und...
... folter den Gefangenen nur drei Tage lang. Versuch alles, damit er den Mund aufmacht.
Wenn sich dabei irgendwas von seinen Worten von dem unterscheidet, was du rausfindest...

Dann bringe ich ihn um?
Das überlege ich mir noch.
Was ist das?

So schwer...
So heiß...
Oh, gestern ist ja der Prinz...
Weil du mich geschlagen hast, musst du heute hier schlafen!
RU
CK
Du musst neben mir schlafen!
Urgh...
Prinz Sahara, Ihr seid so schwer... Geht mal etwas...
KLAMMER
Oh...
?!
Jemand Großes und Schweres...?

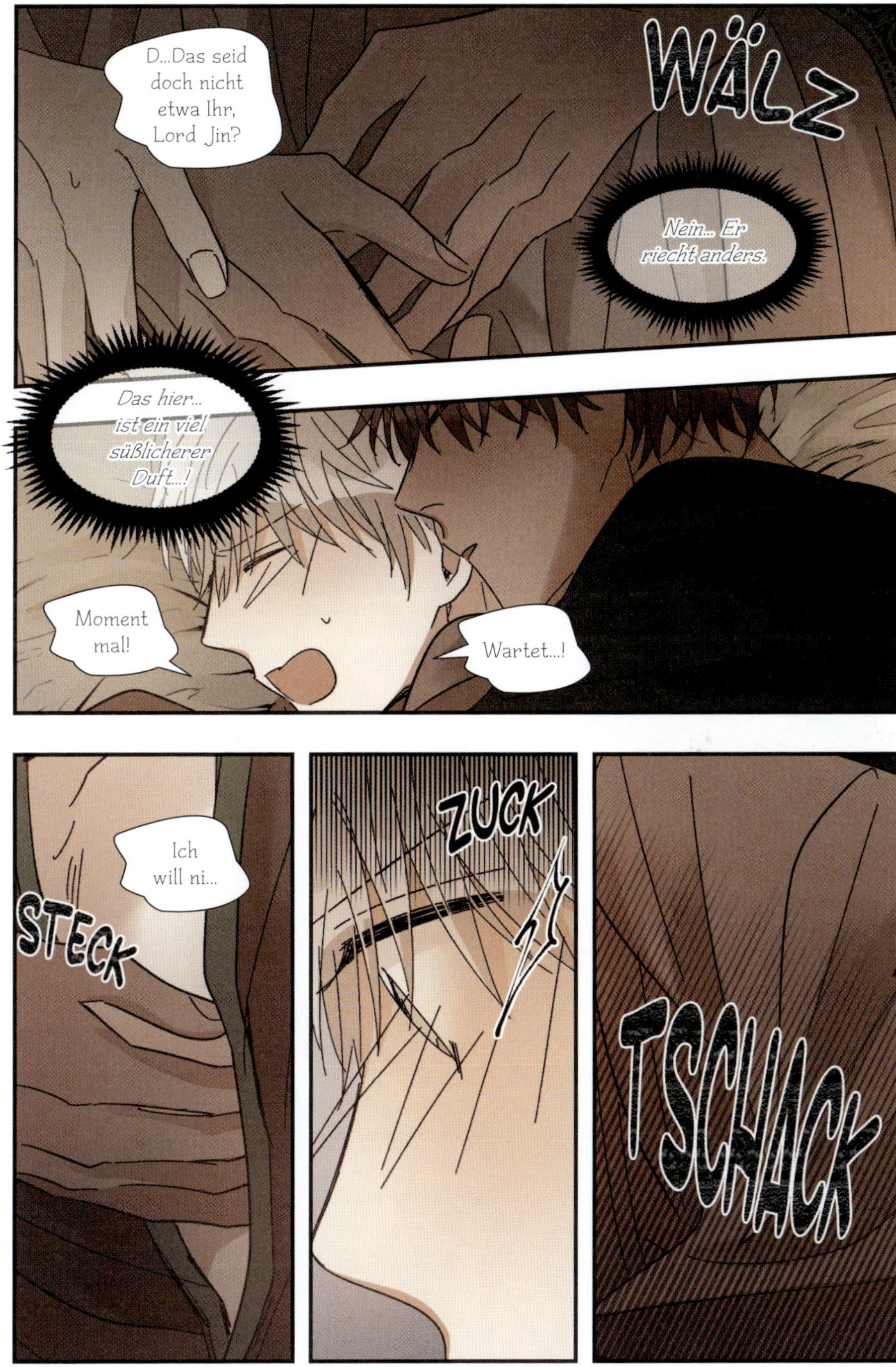
D...Das seid doch nicht etwa Ihr, Lord Jin?
WÄLZ
Nein... Er riecht anders.
Das hier... ist ein viel süßlicherer Duft...!
Moment mal!
Wartet...!
Ich will ni...
STECK
ZUCK
TSCHACK

Prinz Sahara...?
Aber was...
TAUMEL
RUMS
Aua!
Uh... Suu...
?

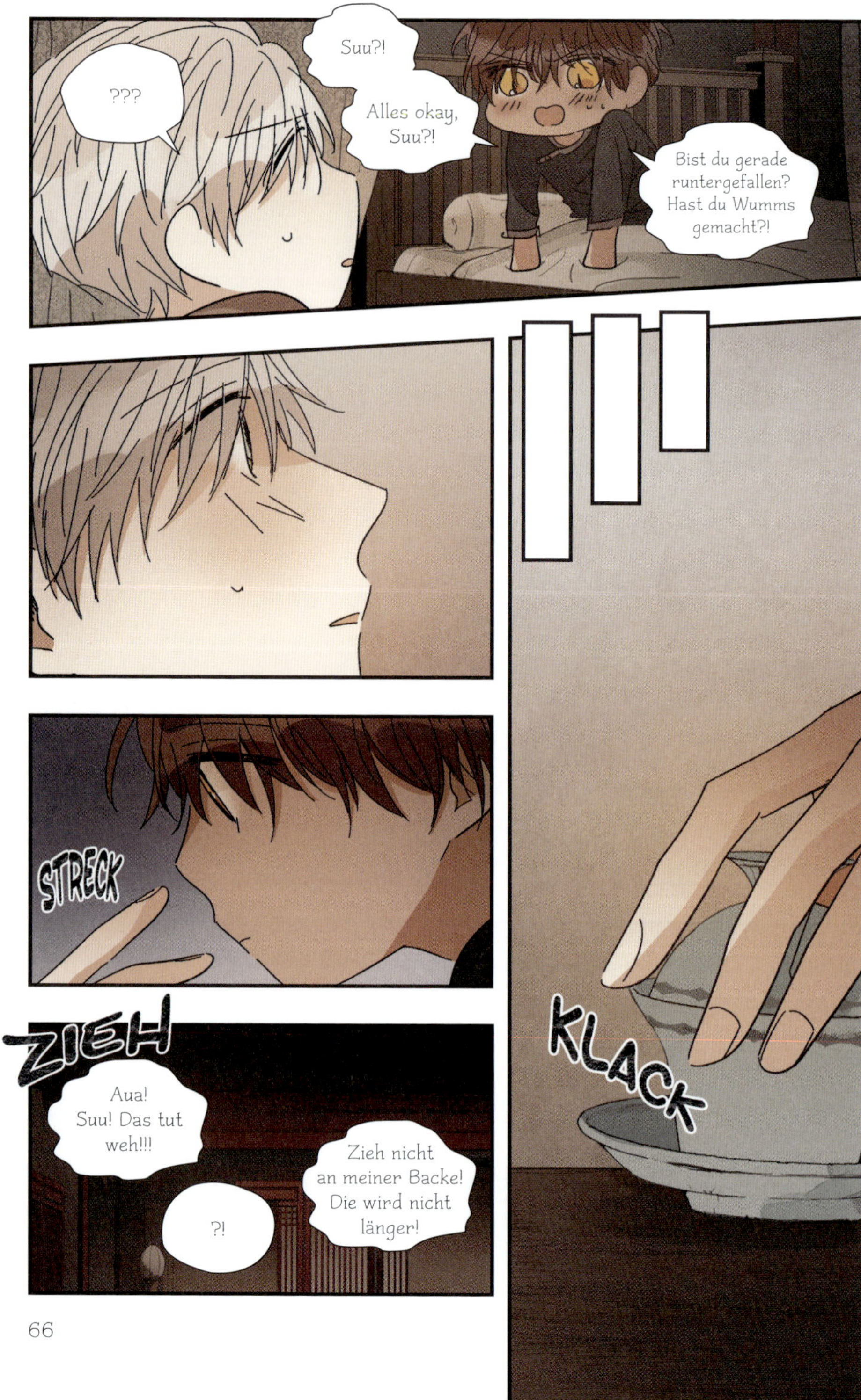
Suu?!
Alles okay, Suu?!
???
Bist du gerade runtergefallen? Hast du Wumms gemacht?!
STRECK
KLACK
ZIEH
Aua! Suu! Das tut weh!!!
Zieh nicht an meiner Backe! Die wird nicht länger!
?!

Geht es dir heute nicht gut?
Oh?! Ich dachte, du würdest erst morgen Abend kommen?!
Ah... Ich muss auch die Aufgaben von denen übernehmen, die wegen der Festtage anderweitig eingesetzt werden.
Hast du beim Quartier der Prinzessin vorbeigeschaut?!
Noch nicht, aber ich werde plangemäß morgen früh dort vorbeigehen.
Ich habe so viel mehr zu tun gerade... Wegen der besonderen Umstände wurde sogar mein Gehalt etwas erhöht.
Ich werde dir am Abend sofort von deinem Freund berichten, wenn ich zurückkehre.
Ja... Danke. Und Glückwunsch.
Das wird bestimmt nur eine mickrige Erhöhung gewesen sein.
Aber sag mal, weshalb sind die Diener hier eigentlich alle so unterkühlt?!
Ich erwarte ja gar nicht, dass sie einem Außenseiter wie mir gegenüber superfreundlich sind...
... aber sie könnten wenigstens antworten, wenn man ihnen eine Frage stellt, anstatt gleich zu verschwinden...
Ich bin doch im Moment sogar Saharas einziger Diener!
Damit zeigen sie doch indirekt Respektlosigkeit gegenüber dem Prinzen, da ich ihm diene!!!
KNALL
Was hast du denn gefragt?

Ob hier nachts vielleicht Gespenster umherwandern...
I...Ich kann verstehen, warum sie diese Frage eher nicht beantworten möchten...
Egal, ich habe mir das bestimmt nur eingebildet, weil ich so müde war.
Mach dir keinen Kopf deswegen, die Diener im Tempel sind generell nicht die kontaktfreudigsten.
Der Kronprinz... kann Plappermäuler unter der Dienerschaft nicht ausstehen.
Der Kronprinz?
Kommt er... Ich meine, kommt Seine Hoheit denn oft hier vorbei?
Natürlich. Er war sehr verbunden mit der Hohepriesterin.
Das wusste ich ja gar nicht! Hast du ihn auch schon zu Gesicht bekommen?
E...Ein paar Mal durch Zufall. Allerdings nie von Nahem.
Wie sieht er denn aus? Ich habe bisher nur Gerüchte über ihn gehört.
Wobei sich jemand meist als unansehnlich herausstellt, wenn nicht über sein Aussehen getratscht wird.
Das würde bedeuten, dass Seine Hoheit alles andere als ein Hingucker sein muss.
FUU
S...So etwas Respektloses darfst du doch nicht über Seine Hoheit sagen!
Außerdem ist Seine Hoheit...

Also, ich meine, ich habe auch noch keinen richtigen Blick auf ihn werfen können, da ich immer den Kopf gebeugt halten musste, wenn er vorbeigelaufen ist. Aber ich habe zumindest ein paar Blicke auf ihn erhaschen können und auch seine Stimme gehört, wenn er Befehle erteilt hat...
Und er sah wirklich umwerfend aus! So was erkennt man doch auf einen Blick, selbst wenn man jemanden nur von hinten sieht, oder?
Hey, wir sind hier doch unter uns, also kannst du ruhig die Wahrheit sagen.
Ich meine das völlig ernst! Seine Hoheit soll bereits während seiner Zeit als siebter Prinz für sein Aussehen bekannt gewesen sein!
Du weißt schon, dass dein Gehalt weder von Seiner Hoheit noch von den hohen Priestern erhöht wird, wenn du in der Abwesenheit des Kronprinzen so über ihn schwärmst, oder?
Tsts.
...
Nun glaub mir doch!! Der Kronprinz ist wirklich eine Augenweide!
Jaja, schon gut. Der Kronprinz ist also umwerfend, lang lebe Rahan!

Kapitel 20

Aber seien wir mal ehrlich, selbst Offiziere lassen sich total pompös auf Porträts darstellen. Also was glaubst du, wie sehr die kaiserliche Familie da nachbessern lässt...
Pass auf, sonst hört dich noch jemand! Lass das lieber!
Wer soll uns schon hören? Bis auf die Mahlzeiten und Erfrischungen sind wir hier doch total von der Welt abgeschottet.
Du bist der Einzige, der mich hört.
GUOOOO
Was ist denn hier so lustig?
Du kannst gehen. Und kein Grund, mich formell zu grüßen.
J... Jawohl...
L... Lord Jin.
Ups, hat er mich etwa gehört?
Er sieht nicht gerade gut gelaunt aus.
...
Ich werde mich dann auch zurückziehen.

Wenn Ihr mich bitte entschuldigen würdet...
TAPS
TAUMEL
Waah!
Hiek!
Wo willst du denn hin?
SCHLING

Du bleibst natürlich hier.
Willst du wirklich denjenigen ignorieren, mit dem du schon einen innigen Kuss geteilt hast?
Oder hast du vor, mich jetzt links liegen zu lassen, nachdem du meine Lippen bereits gekostet hast?
Bist du etwa so ein Kerl?
S...Seid Ihr vielleicht wütend?
Wieso?
Fragst du das gerade ernsthaft?
Das meinte ich gar nicht...
Was redet Ihr denn da?!
Ich meine, weil ich ein klitzekleines bisschen respektlos über den Kronprinzen geredet habe...
Und was heißt hier bitte, dass ich Eure Lippen gekostet habe?
Ach, du meinst, dass er abscheulich aussehen muss?
Ab... wo habt Ihr mitgehört?

Warum sollte ich deswegen wütend sein? Schönheit liegt im Auge des Betrachters.
Haha, stimmt, nicht wahr?!
Und ich wollte damit auch eigentlich nur sagen, wie oft falsche Gerüchte über das Aussehen von hochgestellten Persönlichkeiten herumgehen.
DREH
Würdet Ihr mir dann sagen, was Eure Einschätzung ist, Lord Jin?
Zum Kronprinzen.
Hmm... Darüber habe ich noch nie nachgedacht.
Oh? Ich sehe ihn zum ersten Mal so in Gedanken versunken.
Er ist wohl nicht komplett hässlich...?
Pfft!!!
Tut mir l... Hahahaha!

Was ist denn daran so lustig?
Ach, Ihr habt so gründlich darüber gegrübelt... Und das ist alles, was Euch dazu einfällt?
Wenn sein Untergebener sagt, dass er nicht komplett hässlich ist, will ich mir gar nicht vorstellen, wie er wirklich aussieht...
Mein Herr, Ihr habt während Eures Dienstes für den Kronprinzen bestimmt schon in so einigem Schlamassel gesteckt.
Hm? Wie kommst du denn darauf?
Na, weil...
... Ihr selbst doch so ein Hingucker seid!
ZACK

Oh... Hört Ihr so etwas nicht gerne?
I...Ich dachte, Ihr wärt solche Worte gewohnt... Haha...
Aber natürlich möchte ich hiermit nicht Eure kämpferischen Künste unter den Teppich kehren...
Oh...!
WUSCH
Ach ja?

Wie ich das sehe...
... bist du der viel Hübschere von uns beiden.

Auch wenn du das bestimmt schon oft gehört hast.
N... Natürlich...
KLAMMER
Was?
... höre ich so etwas gar nicht oft.

Ihr seid der Erste, der mir so etwas sagt...
Das ist doch absolut lächerlich...
Selbst wenn...
... das hier alles nur Berechnung und von ihm gespielt sein sollte...
... wäre das wirklich beeindruckend.
Das kann ich wirklich nicht leugnen.

Mmh...
Seltsam...
Es ist doch nicht das erste Mal, dass ich jemanden küsse.
Aber irgendwas ist anders, wenn ich es mit ihm tue.
Es erweckt so einen starken Hunger in mir.
Hunger nach mehr...
!
Ich möchte...

... noch mehr von ihm kosten.
PACK
Suu...
... beruhige dich.
T...Tut mir leid. Bitte lasst mich runter, ich werde dann...
Du bist so unersättlich...
ERRÖT
... dass es fast weh-tut.
Weshalb entschuldigst du dich denn?

Ich meinte das als Kompliment.
Mir gefällt es, dass du dich so stürmisch zeigst.
Für heute allerdings...
... muss ich mich leider verabschieden. Wie steht es um Prinz Sahara?
Ach... Was Prinz Sahara betrifft...
Er ist heute morgen kurz aufgewacht, aber nach dem Frühstück sofort wieder eingeschlafen.
Er lebt also wie die Sau im Trog.
Wie eine Sau?! Wisst Ihr überhaupt, wie sehr ich mich hier abmühe, um ihn zum Essen und Schlafen zu bewegen?
Er isst und schläft dafür in letzter Zeit so eifrig, dass er vielleicht bald einen Wachstumsschub hat.
Er klagt momentan des Öfteren über Kopfschmerzen, das könnte von den Wachstumshormonen kommen...

Schmerzen aufgrund von Wachstum...
Ich frage mich, wie lang diese schwabbeligen kleinen Beinchen und Ärmchen wohl werden können...
Er scheint den Prinzen echt nicht ausstehen zu können.
Jedenfalls kann es aber auch gut sein, dass ich mir zu viele Gedanken mache, Wachstum hin oder her, weshalb ich mir so komische Dinge einbilde...
Wenn ich es mir recht überlege, kann das auch einfach nur eine normale Schlaflähmung gewesen sein.
Du hast dir komische Dinge eingebildet?
Ach, das ist wirklich nichts. Beim Schlafen hatte ich das Gefühl, als hätte mich jemand von hinten umarmt...
Allerdings hat derjenige sich keinesfalls wie ein Kind angefühlt, weshalb ich erst dachte, dass Ihr es vielleicht gewesen sein könntet...
Ups!
Du hast ihn also machen lassen?
Ganz sicher nicht!!! Wie gesagt war das bestimmt nur eine Schlaflähmung!
Nun geht schon! Musstet Ihr nicht dringend wohin?
STOSS
Suu.

Wollen wir uns das Laternenfest gemeinsam an-sehen?
In Rahan heißt es, dass sich jene Wünsche erfüllen, die man sich vor den schwebenden Lampions wünscht.
Also überleg dir gut... was du dir wünschst.

Ach ja!
Seht Euch nur das hier an!
RU
CK
Was denn?
Was soll das hier denn bitte sein?!
Das war nicht für die Augen anderer gedacht.
Was habt Ihr damit nur beabsichtigt?!
Wie konntet Ihr das nur auf meinem Körper hinterlassen! Was ist, wenn das noch jemand sieht?!

Ich habe das extra an einem versteckten Ort hinterlassen, wo nur du es beim Umziehen zu sehen bekommst.
Hast du es derweil etwa schon jemand anderem gezeigt? Suu, du bist ja wirklich...
ZACK
Was redet Ihr da für einen Unsinn?!
Wenn Ihr wieder so ein Mal auf mir hinterlasst, verlange ich Geld dafür!
Wenn ich es mir recht überlege, war ich viel zu großzügig zu Euch, dass Ihr alles umsonst bekommen habt!
PFOTEN
WEG!
Nun gut, wie viel verlangst du?
D...Das muss ich erst noch gut ausrechnen. Ich werde Euch später dann den Preis nennen.
KLAPPER
Bitte sei nachsichtig mit mir.

Wie auch immer! Macht das einfach schnell wieder weg! Das könnt Ihr doch.
Ich hatte schier einen Herzinfarkt, als Prinz Sahara mich danach gefragt hat.
Das könnte ich sehr wohl. Aber...
... gib mir dafür einen Kuss.
Schon wieder...?
Ihr seht gar nicht danach aus, aber Ihr seid eine ganz schöne Klette... Habt Ihr keine Frauen um Euch herum?
Nun, ich kann nicht leugnen, dass ich Hintergedanken dabei hege...
... aber du musst mich küssen, damit es besser wird.
WAR SO DURCH DEN WIND, DASS ER SICH NICHT DARAN ERINNERT.
Bei deinem Knöchel war es doch genauso.
War das so...?

Mist.

Warum muss der Kerl auch so verdammt gut aussehen?!
Seine Wimpern...
Und sein Blick...

Hat Prinz Sahara mich vorhin nicht genauso angesehen?
!
Umpf!
Urgh...!
Haah...
WUMS
Ah...!
Haah, also echt...! Wenn Ihr sowieso nur tut, was Ihr wollt, warum sollte ich Euch dann...
Na, weil...

STUPS
... du abgelenkt warst.
Ich werde dann bald jemanden herschicken.
Es mag zwar etwas bedrückend sein... Aber bitte halte nur noch ein Weilchen länger durch.
ZACK
Das wird noch ein Spaß.
...
Nun... Das hängt wohl von Euch ab.

Das kann ich kaum bestreiten.
Puh...
Der Kerl ist echt nicht einfach.
Er macht zwar einen auf total locker, ist aber wegen der kleinsten Kleinigkeiten schon eingeschnappt und lässt seinen Ärger auch direkt durchblicken.
Das ist ja immer noch da!
Ich bringe diesen verdammten Lord noch um!!!

Wenn du wirklich nur durch Küssen heilen könntest ...
... hätte ich mich schon längst umgebracht.
Ich auch.
Klappe. Ich wäre der Erste, der Selbstmord begangen hätte.
Was habt ihr rausgefunden?
Machst du Witze? Du hast uns doch erst gestern den Befehl dazu gegeben.
Ihr bekommt genau zehn Tage und keinen Tag mehr. Was steht als Nächstes an?
Der kaiserliche Astrologe erbittet eine Audienz bei dir.
Er scheint recht frustriert zu sein, da er Seiner Majestät aufgrund von... seinem jetzigen Zustand keine Antwort entlocken konnte.
Der Astrologe? Hat er denn etwas von Regen für unser Reich gesagt?

Ich weiß nichts Genaues. Ansonsten möchte der Zeremonienmeister über die Opfergaben an den kaiserlichen Schrein Bericht erstatten.
Nun gut, ich werde mich direkt darum kümmern.
Außerdem musst du morgen zum Abschluss des Festes um 19 Uhr einen Priester zum Gemach des Kaisers begleiten.
Eigentlich sollte ja der Kaiser zum Leuchtturm, dem Ort, der dem Himmel am nächsten ist, hinaufsteigen. Da er aber krankheitsbedingt verhindert ist, musst du diese Rolle für ihn übernehmen, um Rahans Drachen zu huldigen.
Dann ist noch auf Anraten des Generals hin...
—
—
Guten Tag.
Ich soll ausrichten, dass die Geschenke des Schreins, die als Zeichen der Dankbarkeit überreicht werden, innerhalb der nächsten Stunde ankommen sollen.
Innerhalb der nächsten Stunde? Dann sollte ich sogleich Leute zusammentrommeln, die sich darum kümmern.
Die Geschenke wurden bereits vorsortiert und einzeln angeordnet. Geben Sie jedoch bitte Bescheid, wenn irgendwas fehlen sollte.
In Ordnung.

Wie soll ich das nur ansprechen?
Tu was für deinen Lohn!
Verstanden?
Äh... Der Schrein wird die Hingabe und Frömmigkeit der Prinzessin nicht vergessen.
Hingabe? Sie hat einfach nur Langeweile, weil sie schon seit Jahren verwitwet ist und nichts Besseres zu tun hat.
Und da jetzt auch Seine Majestät ans Bett gefesselt ist, interessiert niemanden, was mit der Prinzessin und ihrem Hof ist.
Trotzdem wirft der Kronprinz genau diesem schwachen Hof vor, Verräter zu beherbergen...
Ich weiß wirklich nicht, was im Kopf Seiner Hoheit vorgeht... Seit dem frühen Morgen ist hier so die Hölle los, dass ich schier den Verstand verliere.
Verräter...?
Beim Jagdfest soll irgendwas vorgefallen sein, allerdings weiß ich beim besten Willen nicht, was.
Seit heute Morgen werden sämtliche Leute hier ausgefragt. Ein totales Durcheinander, sage ich dir.
Unsere Prinzessin ist leider so ängstlich, dass sie sich nicht traut, gegen die rauen Befragungen ihrer Diener anzugehen oder ihren Hof in Ungnade zu bringen.
Anscheinend soll einer der Neulinge hier am Tatort erwischt worden sein.
!

Ein Neuling?!
Heißt er vielleicht Nadan?
Woher weißt du das?

Er erschien mir wie ein ruhiger, etwas naiver Bursche... Also wirklich.
Du wirst dort einen Kerl namens Nadan finden...
!!!

Nadan...?
Ja, wenn du ihn siehst, dann...
...
Ach, frag ihn einfach nur, ob er den Gegenstand, den ich ihm letztens geschickt habe, gut erhalten hat.
Das ist alles.
Ich bin mir sicher, dass das sein Name war...
Aber ein Verräter...?
Die Männer des Kronprinzen haben ihn bereits an die Landesgrenzen begleitet und sollen daher besonders brutal sein.
Es soll sogar jemand gestorben sein, daher glaube ich kaum, dass er unversehrt wieder hinauskommt.

Er soll ausgerechnet den Kronprinzen Hwaryun direkt angegriffen haben?
Das ist aber nicht das Einzige, was hier seltsam ist.
Weshalb weiß Suu nicht, dass er den Kronprinzen vor sich hat?!
Er nennt ihn einen Lord aus dem Hause Jin... Dabei weiß doch jedes Kind, dass der Kronprinz Hwaryun Cheon heißt...
L... Lord Jin.
Und dann ist da auch noch dieses Kind...
Wie heißt du noch mal?

Gahwe, Mamsell Yeon.
Und wie viele gibt es in deiner Familie zu Hause?
Sieben, Mamsell.
Ach nein, meine Schwester sollte mitt-lerweile Zwillinge auf die Welt gebracht haben, also sind es neun.
Hahahaha.
Fuu... Nun gut, du wirst es auch nicht leicht haben.
An eines solltest du dich jederzeit bei deiner Arbeit im Schrein halten.
Du siehst nichts ...
... und du hörst auch nichts.

Solltest du während deiner Arbeit im Schrein ums Leben kommen, so wird deine Familie weiterhin versorgt sein.
So wie es bereits zu Lebzeiten der Hohepriesterin gehandhabt wurde.
Du wirst mit der Zeit noch herausfinden, was diese Worte bedeuten.
Merke dir, in diesem Schrein gehen vermutlich noch mehr Geheimnisse vor als in den Gemächern des Kaisers persönlich.
Ahh...
Jawohl.
Ich bin bereit, mein bescheidenes Haupt für die Arbeit im Schrein zu geben.

Ich hatte mich schon gefragt… weshalb jemand wie ich, der sonst nur so niedere Arbeiten wie Wasserholen erledigt hat …
Hach… Was ist nur aus dem heiligen Schrein Rahans geworden, den die Hohepriesterin doch unter solchen Mühen beschützt hat?
Liegt es wirklich daran, dass der Kronprinz nicht würdig ist…?
… plötzlich in den Schrein gesandt wurde, auch wenn es sich um die stressigen Festtage handelt.
Bis ich gesehen habe, dass in den Tiefen des Schreins ein menschenfressendes Monster haust…
Es muss von äußerster Wichtigkeit sein, wenn der Kronprinz persönlich so häufig vorbeikommt.
Vielleicht verbirgt er ja deshalb seine wahre Identität?

Es ist aber auch seltsam, wie sehr dieses Monsterkind an Suu hängt...
Und genau dieser Suu soll nun mit einem Verräter im Bunde sein...
Auf wessen Seite steht Suu wohl!?
Da bist du ja!

Du kommst früher als gedacht. Ich hatte erst spät am Abend mit dir gerechnet.
Oh, ja, stimmt...
Hahaha.
Äh... Was macht ihr denn da? Sieht ja spaßig aus.
Ach, das...
Uns gehen so langsam die Spielmöglichkeiten aus...
Deshalb habe ich mit ihm »Tritt nicht auf die Kanten« gespielt.
Hahaha... Euch muss ja echt ganz schön langweilig sein.
Aber sag mal, ist es arg heiß draußen?

Du schwitzt ja total.
Hahaha, ich?!
Ups...
Ach, ich schwitze nur generell sehr schnell.
Ihr habt noch nichts gegessen, oder?! Soll ich was rüberbringen?
Nicht nötig. Vorhin hat jemand Reiskuchen vorbeigebracht, den habe ich mit Prinz Sahara zusammen gegessen. Der Kuchen war sehr hübsch gemacht.
Und zum Abendessen bin ich mit Lord Jin verabredet, da wir uns das Laternenfest zusammen ansehen wollen...
Ich dachte eigentlich, wir würden den Palast verlassen, aber er meinte, dass wir auf dem Balkon der ehemaligen Quartiere essen und von dort aus dem Fest zusehen können.
Der Balkon soll so hoch liegen, dass wir das ganze Fest überblicken können.
Ich will auch mitgucken!

Jaja, Eure Hoheit, wenn Ihr bis dahin wach bleiben könnt.
Ich werde wach bleiben!!!
Ach, Gahwe, weißt du zufällig, ob es hier nicht irgendwo eine Bibliothek gibt?
Eine... Bibliothek?
Prinz Sahara scheint noch nicht sehr vertraut mit Texten zu sein... Deshalb dachte ich, dass ich die verbliebene Zeit dazu nutzen sollte, ihm ein wenig die Buchstaben beizubringen.
KNAUTSCH-
KNAUTSCH
Meine Lesekünste sind zwar auch recht beschränkt, aber einfache Wörter zum Lesen und Schreiben kann ich ihm schon beibringen.
Ahh...
Ehrlich gesagt kann ich mit Prinz Saharas Energie zurzeit nicht mehr mithalten...
ABGESCHLAGEN
Ah, es gibt eine kleine Bibliothek am Ende des Ganges. Allerdings wird sie mehr als Abstellkammer benutzt... Dort ist nicht sauber-gemacht worden, aber ich kann mich sogleich darum kümmern.
Aber in der Schreinbibliothek befinden sich hauptsächlich religiöse Texte, ich weiß also nicht, ob du da auch normale Bücher finden wirst...
Danke, ich schaue einfach mal. Und noch eines...

Bist du beim Hof der Prinzessin vorbeigekommen?
Ja! Ich soll ausrichten, dass er den Gegenstand von dir problemlos erhalten hat.
STUTZ
Ah...
Ein Glück. Ich hatte schon befürchtet, dass die Hitze den Geschmack verderben würde.
Hat er alles aufgegessen?
PUH
Natürlich. Er meinte, es hätte vorzüglich geschmeckt.
Gut, du kannst jetzt gehen.

Puh... Das war knapp.
Er hat ihm also etwas zu essen geschickt.
Ich weiß wirklich nicht, ob ich hier das Richtige tue...
Was mache ich nur? Soll ich es erst mal Mamsell Yeon erzählen?
KNARZ
Werden die sich auch Suu vorknöpfen, da sie alle Leute in der Umgebung des Verräters durchleuchten?
Urgh... Es riecht alles nach Staub hier.
Ich sollte erst mal die Lampen anzünden...
Gahwe.
FLÜSTER

Wahhh! Suu?!
ZUCK
Warum erschreckst du dich denn so?
Warum bist du mir gefolgt?! Was ist mit dem Prinzen...?!
Pst, sonst entdeckt er uns noch.
Wir spielen Verstecken, also sei du auch schön leise.
V...Verstecken?
Hier... liegt immer noch viel Staub, also werde ich erst mal alles sauber...
SCHMEISS
RUMS

Suu, warte…!
PACK
Hey…
… hältst du mich für so dämlich?
Verdammt, wen willst du hier für dumm verkaufen?
Hegst du etwa einen Todeswunsch?

Where the Dragon's Rain Falls

Kapitel 21

Du meine Güte.

Ihr seid ja auch hier, edle Konkubine.
Seid gegrüßt, Kronprinz.

Jedes Mal, wenn ich Euch sehe, werdet Ihr noch attraktiver. Da schäme ich mich ja regelrecht in Eurer Anwesenheit.
Wir wissen doch beide, dass Eure Schönheit die meine bei weitem in den Schatten stellt, also unterlasst doch bitte solche Schmeicheleien.
Hehe... Ich bin froh, dass Ihr es hergeschafft habt. Seine Majestät wollte sich das Glockenspiel beim Laternenfest mit mir zusammen anhören...
...jedoch ist der kalte Wind nicht gut für das Kind in meinem Bauch. Daher wusste ich nicht, was ich tun sollte.
Aber jetzt seid Ihr ja hier und könnt ein wenig Zeit mit Eurem Vater verbringen, das beruhigt mich sehr.

Seine Majestät kümmert sich so rührend um das Kind, obwohl es noch nicht mal geboren ist... Er muss Euch gegenüber bestimmt auch ein wirklich liebender Vater gewesen sein, nicht wahr?
Natürlich.
Ich bin mir sicher, dass er mein neues Geschwisterchen mit genauso viel Liebe überschütten wird wie mich selbst.

Er wird dem Kind jeden Wunsch von den Augen ablesen...
... sobald es das Licht der Welt erblickt hat.
Ich fürchte, ich muss mich jetzt entschuldigen. Das Gewicht des Kindes ermüdet mich zurzeit sehr.
Kommt heil in Euer Gemach.

Obwohl sie zur edlen Konkubine gemacht wurde, läuft sie immer noch so einfach gekleidet herum. Auch Kopfschmuck trägt sie kaum welchen.
Sie hat keinen Grund dafür.
Sie sah jedoch seltsam...

... blass aus.
Haah...
[redacted]
Was?
Was redest du da für einen Schwachsinn? Wer soll hier was getan haben?
Es ist so, wie ich es sage!
Ich habe selbst meinen Ohren nicht getraut und deshalb mehrfach nachgefragt.

Ein Diener namens Nadan aus dem Hof der Prinzessin soll festgenommen worden sein, weil er versucht hat, beim Jagdfest den Kronprinzen zu ermorden!
Außerdem sollen auch die Diener um ihn herum zur Befragung abgeführt worden sein! Selbst diejenigen, die nicht selbst vor Ort dabei waren!
Ich weiß zwar nicht, was du mit dem Kerl zu tun hast, aber...
... die Lage ist so ernst, dass ich einfach vorsichtig vorgehen musste!

Lügner! Warum sollte ein Diener vom Hofe der Prinzessin am Jagdfest teilgenommen haben?!
Weil sie nicht genug Hände dort hatten! Du weißt doch selbst, dass Arbeitskräfte an solch gewichtigen Tagen oft hin- und hergeschoben werden!
BATSCH
Ich gebe dir dein Geld auch zurück! Ich wollte dich wirklich nicht absichtlich hintergehen!!!
Aber der Assassine...!!!
Der wurde doch eindeutig von der edlen Konkubine geschickt!!!
Wie konnte es nur passieren, dass Nadan hier zum Sündenbock gemacht wurde?!
Ich werde selbst hingehen! Wo wird er gefangen gehalten?
ZACK
Das kannst du nicht machen, Suu!!!

Du darfst diesen Ort nicht einfach so verlassen! Das ist der Befehl des Kron... Ich meine, von den oberen Herrschaften hier!
Dass du dich hier mit Prinz Sahara aufhältst, ist doch streng geheim! Wenn du dich dagegen auflehnst, bringst du uns alle noch um!!!
Ich muss mich einfach nur beeilen! Ich werde mich nur vergewissern, ob das wirklich wahr ist!!!
Lass mich los!!!
Suu!!!
Nein!!!
Das kann nicht sein.

Das kann nicht sein.
Das kann nicht sein.
Das kann nicht sein!!!
Nein, ich muss einen kühlen Kopf bewahren.
Haah...
Es ist doch noch überhaupt nichts sicher.
Ganz ruhig, du bist viel zu aufgebracht im Moment.
Damit erreichst du überhaupt nichts.
Auf keinen Fall.

Ich bin wirklich sofort wieder zurück! Mir ist auch egal, wenn jemand zur Überwachung mitkommt!
Es gibt nur einen Weg für dich, um hier rauszukommen.
Und das ist, dass du brav wartest, bis Lord Jin zurückkommt und du dir von ihm die Erlaubnis holst.
Aber das hier ist ein Notfall!
Das mag zwar anmaßend von mir klingen, aber ich bin mir sicher, dass Lord Jin mich gehen lassen würde, wenn er jetzt hier wäre!
Das ist egal.
Dann erlaubt mir doch bitte, Lord Jin zu kontaktieren.
Jemand so Niederes wie du wagt es, ihn beliebig herbeirufen zu wollen? Dafür fehlt dir jedes Recht.

Soweit ich weiß, lautet seine Anweisung...
Dass ich mir solch eine Unverschämtheit hier anhören muss...
Kenn deinen Platz und denke nicht, dass dir irgendwelche Mutmaßungen über seine Meinungen zustehen würden.
... dass wir weder den 14. Prinzen noch seine Aufsichtsperson nach draußen lassen dürfen.
Falls die beiden jedoch mit Gewalt versuchen sollten, den Schrein zu verlassen...
Falls sie diese Ketten durchbrechen sollten, sollen wir ihnen die Sehnen durchschneiden, damit sie nicht mehr laufen können.
... so sollen wir sie ab dem Moment als Verbrecher ansehen und in Ketten legen.

Suu, was machst du hier? Ich habe dich gesucht!
Suu, sei nicht zu niedergeschlagen deswegen.
Lord Jin wird in vier Stunden hier sein und dich befreien... sowie diese Situation klären.
NICK
Dann werde ich mich jetzt zurückziehen.
KLACK
Suu...
Suu, du bist jetzt dran mit Suchen... Willst du nicht mehr spielen?
Macht es dir keinen Spaß???

Suu, geht es dir nicht gut?! Was ist mit dir?!
Suu...! Guck mich an!
Steh auf...! Ja?
SCHÜTTEL
SCHÜTTEL
Habe...
Habe ich mir das wirklich alles nur eingebildet?
KLAMMER
Von Zeit zu Zeit habe ich...
... als wir nur zu zweit waren...

... gedacht, dass ich ihm... vielleicht doch...
... etwas mehr bedeuten könnte.
Hat er sich etwa nur aus Langeweile mit mir abgegeben?
Aber für so einen hochrangigen Herrn wie ihn hat er einige Umstände auf sich genommen, um einen einfachen Diener wie mich zu verführen.
Oder benimmt er sich all seinen Geliebten gegenüber so?
Da fällt mir ein... Wann war das letzte Mal?

Dass ich gefesselt war.
Suu, weinst du?
Warum denn? Wer...
Also echt, Schluss damit!!!
ZACK
Ahhh!

Soll ich in der Situation vielleicht lachen?! Hahaha?
Meine Beine sind in Ketten, und da soll mir zum Lachen zumute sein?!
RASSEL
Selbst wenn man nichts mitkriegt, kann man doch nicht so dermaßen auf dem Schlauch stehen, boah... Haah...
Suu... bist du böse?
Natürlich bin ich das! Ich habe Euch loyal gedient, da Ihr ein Prinz seid, aber was nützt mir Euer Status jetzt?
Ihr seid mir in solchen Momenten keinerlei Hilfe oder Trost, und dazu fehlt Euch auch noch jedes Feingefühl!!
Dass sie mir die Seh-nen durchtrennen wollen, sehe ich ja ein, aber wer redet nur so leichtfertig darüber, einen Prinzen zu verletzen?!
Es war dämlich von mir anzunehmen, dass Ihr trotz allem noch ein Prinz mit allen Rechten seid und damit auch mir eine Hilfe sein könntet, obwohl ich genau weiß, dass Ihr nur in einem Hinterstübchen verborgen gehalten werdet.

JAPS
Was ich damit meine... Es regt mich auf, weil sie nicht nur mir, sondern auch Euch eine Schmach antun, wenn sie mich hier anketten, da ich Euch ja diene und so, also...
Mir gefällt das aber.
Du verschwindest doch immer wieder.
Auf diese Weise kannst du aber nirgendwohin.

Wie könnt Ihr so etwas nur zu einem anderen Menschen sagen...?
Ich will Euch nicht mehr sehen. Bis dann.
DREH
Nein!!!
Nein!! Suu! Es tut mir leid!!! Guck mich wieder an!
Guck mich doch bitte wieder an!!! Bitte, bitte!!!
HEUL
Suu!!! TTOTT
Dummerchen...
Eure Hoheit, könnt Ihr mir denn wirklich nicht irgendwie helfen?
RUCK
Ihr seid doch nun mal ein Prinz. Sie können mit Euch also nicht so beliebig umspringen wie mit mir.
Könnt Ihr nicht so tun, als würdet Ihr krank sein, weshalb sie doch schnell Lord Jin rufen sollen? Oder mich wenigstens losmachen?

Ich kann Euch im Moment zwar nichts anbieten, aber ich werde mich später auf jeden Fall dafür revanchieren.
Auch Eurer Mutter gegenüber. Ich bin ein Diener im Harem, also wird sicherlich eines Tages ein Moment kommen, in dem ich ihr behilflich sein kann.
Also bitte tut doch irgendwas...
Wirst du zurückkommen?
Was? Ja! Natürlich! Natürlich werde ich zurückkommen!
Wirst du mich auch weiter ansehen?
Sicherlich, das tue ich doch gerade schon!
Dann mach die Augen zu!
Na los!!!
?
KNEIF
???

KLIRR
TOCK
Huch?
Wollten sie mir damit etwa nur Angst einjagen?
Warum geht das Schloss so leicht auf?
Suu.

Komm mit.
Auf diesem Weg kommst du nach draußen.

Oh...
Den Durchgang, den du gefunden hast, hat Suryeon mittler-weile vermutlich komplett gesperrt.
Aber den Weg hier kennt er nicht.
Das ist ein direkter Weg nach draußen... Aber wenn du gehen willst, dann solltest du dich beeilen.
Du musst doch wieder zurück sein, wenn Suryeon kommt.
Denn wenn du zu spät kommst, wird Suryeon böse zu dir sein...
Mein Prinz!!!
KNUDDEL
Hmpf! Suu, ich kriege keine Luft mehr!
Wie seid Ihr plötzlich nur so schlau ge-worden?!
Ich bin so gerührt, dass mir die Worte fehlen!

Ich werde diese Güte nie vergessen. Wie gesagt, werde ich alles in meiner Macht Stehende tun, um Euch...
Das brauchst du nicht.
Es reicht mir, wenn du einfach nur zurückkommst.
Ich brauche nichts außer dir.
Du brauchst mir also nichts zu geben...
Ich entschuldige mich wirklich aufrichtig für all die Dinge, die ich Euch vorhin an den Kopf geworfen habe.
DRÜCK
Ich bin gleich wieder zurück, also macht Euch keine Sorgen.

Where the Dragon's Rain Falls

Kapitel 22

Bin ich hier im hinteren östlichen Garten?
Dieser Gang scheint für eine heimliche Liebesaffäre gemacht worden zu sein.
Was für ein Glück, dass ich nahe am Kerker rausgekommen bin.
Ich sollte rechtzeitig wieder zurückkönnen.
Nadan…
Bei der Schwere seines angeblichen Verbrechens wird er bei der Vernehmung bestimmt geschlagen worden sein, oder? Sollte ich ihm vielleicht ein paar Salben mitbringen?
Nein, Salben bringen ihm in dem Zustand vielleicht sogar recht wenig… Lieber Schmerzmittel…
Genau, ich sollte wenigstens eine kleine Menge an Opium auftreiben…
Ansonsten noch Wasser… Essen… Bestechungsgelder für die Wachen…

Aber was mache ich, wenn ich das alles aufgetrieben habe? Bleibt mir überhaupt genug Zeit?
Dazu kommt noch, dass er wegen versuchten Mordes am Kronprinzen gefangen genommen wurde... Er wird also nicht einfach allen möglichen Besuch empfangen können.
STOPP
Und was das Geld betrifft... Wie viel Bestechungsgeld wird wohl nötig sein?
Ich sollte mich der Realität stellen, allein schaffe ich das nicht.
Das mag zwar eine Falle sein, aber mir bleibt gar keine andere Wahl, als diese Gefahr einzugehen.
Mir bleibt jetzt nur noch...
... entweder in die Falle zu tappen und dadurch umzukommen...
GÄHN
... oder lebendig wieder hinauszukriechen.
Nadan?

Wie ist er denn nur in diese Sache hineingeraten? Das passt doch gar nicht zu ihm.
Ich frage mich, wer ihm das Geld dafür geboten hat. Den Kronprinzen umzubringen... Was für ein schrecklicher Gedanke...
Suu, heb dein Haupt an. Wir kennen uns doch schon zu lange für so etwas.
Aber was machen wir da nur? Die Anklage ist so schwerwiegend, dass ich nicht weiß, ob ich dir eine große Hilfe sein kann...
Edle Konkubine, ich habe Stillschweigen darüber gehalten, dass die Assassine beim Jagdfest von Euch geschickt wurden.
Auch wenn ich es nicht glaube, aber falls Ihr Nadan für Eure Zwecke benutzt habt...
Suu.
Weißt du eigentlich, was du da gerade behauptest? Ich soll Assassine beauftragt haben? Wieso sollte ich das denn tun?
Ich selbst war bei der Jagd dabei...

... und wurde zufällig Zeuge davon.
Ich habe dabei einen Beweis am Körper des toten Assassinen gefunden, der die Tat auf Euch zurückführen lässt. Diesen Beweis habe ich für Euch heimlich an mich genommen.
Ich hoffe, sie kauft mir diese Lüge ab.
Ich bitte Euch also, mir zu helfen.
Da du dem 14. Prinzen bei seiner Genesung im Schrein hilfst, solltest du bei dem Jagdfest gar nicht teilgenommen haben.
Wie bist du also dort gelandet?
Ich habe durch Zufall einen Gang entdeckt, der direkt in die Berge führt. Dort bin ich auf jemanden gestoßen, den die Assassine attackiert haben.
Haha, hast du denn dann auch den Kronprinzen gesehen?
Nein, Seine Hoheit habe ich nicht gesehen.
Dafür aber Lord Suryeon Jin.
Suryeon... Jin?

Ha...
?
Hahahahaha!!! Hahahahahaha!!!
Suu! Ich habe mich schon gefragt, wohin du abgetaucht bist, aber du warst die ganze Zeit über mit Suryeon Jin zusammen?
Bitte beruhigt Euch doch, Lady So.
Hat er sich selbst als Suryeon Jin vorgestellt?
Er ist eine wahre Augenweide, nicht wahr?
Wie? Äh, ja...

Hehe...
Ich muss sagen, du hattest schon immer ein gutes Auge für Menschen.
Hast du eine Ahnung, wer er ist?
Das ist kein Verrat.
So kann man das wirklich nicht nennen.
Mich hat ja von Anfang an nichts an das Hause Jin gebunden.
Ich habe das Spiel einfach nur etwas gerechter gestaltet. Er mag mich wie ein Stück Vieh anketten und mir die Beinsehnen durchschneiden...
... und ich kann all seine Taten jederzeit an die edle Konkubine weitererzählen.

Jedenfalls... hatte ich angesichts seines Verhaltens gegenüber dem Prinzen und seines Aussehens recht damit, dass er nicht nur ein einfacher Adeliger ist.
FLÜSTER
Er ist der einzig wahre Geliebte des Kronprinzen.
Der Geliebte des Kronprinzen?!
Ja, der Prinz soll ihm total hinterhergerannt sein!
Er ist also der Geliebte des Kronprinzen...
Das erklärt... weshalb er sich immerzu so hochnäsig aufgeführt hat, wenn er aufgebracht war. Fast so, als wäre er der Kronprinz persönlich...
Na ja, wenn ihm der Kronprinz aus der Hand frisst, kann er natürlich so auftreten.
Lady So, geht Euer Scherz nicht ein wenig zu weit?
Wieso denn? Das ist doch lustig. Und Suu ist zu klug, um sich vor dem Prinzen etwas anmerken zu lassen.
Aber trotzdem...
Außerdem, wenn Suu erfahren würde, dass er den Kronprinzen vor sich hat, würde er sich eindeutig so verdächtig verhalten, dass es auffallen muss.
Ich weiß zwar nicht, weshalb er seine Identität geheim hält, aber ich darf mir diese Chance nicht entgehen lassen.

Weißt du denn nicht, wie viele Leute wir schon bei dem Versuch, einen Spion an den Kronprinzen zu heften, verloren haben?
Ich frage mich wirklich, wie der Kronprinz auf Suu aufmerksam geworden ist.
Aber würde der Kronprinz Suu wirklich nur an seiner Seite behalten, weil er einen Narren an ihm gefressen hat?
Ich weiß zwar nichts über seine Gefühle, aber es gibt sicherlich einen Grund, warum er Suu ausgewählt hat.
Ich hatte mich auch schon gewundert, weshalb er Nadan nicht direkt umgebracht hat, aber das liegt wohl auch an Suu.
Er mag zwar das Attentat beobachtet haben, aber hat keine Beweise dafür, dass Nadan Teil Eures Planes war...
... weshalb er Euch noch nicht direkt an den Pranger gestellt hat.
Was für eine Scharade führt der Kronprinz hier nur auf...?
Aran, es gibt da etwas, das du persönlich für mich rausfinden musst.
Natürlich, Lady So, alles, was Ihr wünscht.
Finde heraus, ob der 14. Prinz sich wirklich zur Erholung im Schrein aufhält.

Na...
Nadan?

Aber wieso...?
Bitte mach die Tür auf!
Ach je, ohne Gebühr geht das aber leider nicht.
Eine Gebühr?
Ich habe dir oben doch schon Geld und Alkohol gegeben.
Und zwar von der feinsten Sorte!
Das war dafür, dass ich dich hierhergeführt habe. Zum Öffnen der Türe wird ein weiterer Preis fällig.
Morgen früh wird der Bursche vielleicht schon tot sein, also bist du dir sicher, dass du es nicht bereuen wirst?
Verdammt, du miese kleine Kakerlake...
Was? Wie hast du mich gerade genannt?
Ich habe dich eine miese Kakerlake genannt, na und?
Was stehst du noch dumm rum? Du hast dein Geld, also mach jetzt endlich die Tür auf.
ZACK
Argh, du kleiner...
Pah, ich werde noch mal ein Auge zudrücken, da wir ja gerade ein Fest feiern.
Du hast 15 Minuten und keine Sekunde länger! Wenn die da oben was mitkriegen, können wir uns gleich auf den Schlachtblock legen.
KRIEK

Selbst wenn dein Kumpel hier überlebt, wird er nicht mehr derselbe sein wie vorher.
Der Kronprinz hat ihm beide Schienbeine zertrümmern lassen.
Selbst wenn der kaiserliche Heiler sich seiner annehmen würde, wird er vermutlich nie wieder laufen können.
Haah...
Hargh...
Na... Nadan.
Nadan, geht es dir... Oder nein, bist du bei Bewusstsein? Kannst du mich sehen?
Ich bin es, Suu. Ich habe dir Wasser und Essen gebracht... Und auch ein paar Heilmittel. Kannst du das zu dir nehmen? Du solltest das essen...
S...
Suu? Bist du das?

Nadan! Ja, ich bin es!!!
Bist du wach? Kannst du etwas Wasser trinken?
Aber wie...
Suu...
Ja, Nadan, ich bin hier. Trink erst mal was...
Warte, ich befeuchte dir erst mal mit einem sauberen Lappen die Lippen, wenn dir das Schlucken schwerfällt.
Suu... Was hast du...
... nur wieder getan?

Lass mich erst mal deine Wunden sehen. Die edle Konkubine hat mir versprochen, etwas Zeit zu schinden.
Daher bist du für heute und morgen erst mal sicher.
Keine Sorge, ich werde in der Zeit alles versuchen, um dich...
ZERR

Was ist denn jetzt schon wieder? Ich muss mir doch erst mal deinen Zustand ansehen, bevor ich etwas unternehmen kann.
Du scheinst auch Fieber zu haben. Ist nicht auch deine Schulter verletzt? Also stell dich jetzt nicht so an und...
Es war also auch gelogen, dass du mit Lady So in Jugang sämtlichen Kontakt abgebrochen hast.
War meine Versetzung zum Hof der Prinzessin auch eine Belohnung von ihr?
Was machst du für sie?

Das ist jetzt im Moment doch nicht wichtig!
Lass mich dich erst mal verarzten, danach erzähle ich dir alles.
Dafür musst du mir aber auch sagen, was zur Hölle da beim Jagdfest vorgefallen ist...
... damit ich eine Lösung finden kann.
Ich kann dir nur helfen, wenn ich weiß, was überhaupt passiert ist.
Du willst mir helfen? Wie denn?

Willst du wieder solche Arbeiten erledigen?
Hey, Nadan.
Der Herr soll Langhwa in letzter Zeit gar nicht mehr groß zu sich rufen.
Wusstest du davon?

Was? Der Herr ruft sie doch andauernd zu sich.
Er hatte doch so einen Narren an ihr gefressen, dass seine dritte Frau sie gehasst hat wie die Pest.
Er meinte dabei, dass er sie niemandem zur Frau geben und nur für sich behalten würde...
Sag mal, arbeiten wir hier wirklich im selben Haus?
Aha... Er will sie also endlich verheiraten.
Aber die anderen tuscheln alle darüber, dass das an Suu liegt. Weißt du denn nichts Genaueres darüber?
Du bist doch als einziger mit ihm befreundet.
Hört doch jetzt endlich mal alle damit auf, die Schuld immerzu bei Suu zu suchen, wenn irgendwas im Haus passiert. Letztens ging das doch auch wieder so...
Er benimmt sich aber auch so vorlaut. Er hält sich für was Besseres und redet daher kein Wort mit uns. Dafür besucht er jeden Tag unseren Herrn...
Jetzt fangen die schon wieder damit an.
RUMPEL
Ich habe doch gesagt, dass du warten sollst!
Das ist doch Langhwas Stimme. Sie scheint ihre Wut schon wieder an Suu auszulassen.
Ich kann sie ja verstehen, aber ihr Temperament ist echt ein wenig...
Ich gehe dann mal.
Wie kannst du es wagen, meine Teeblätter anzurühren?!
Hörst du nicht, was ich sage?!

Was sitzt du da noch dumm rum? Entschuldige dich gefälligst!
Du bist doch wirklich...!!!
SCHWING
TSCHACK

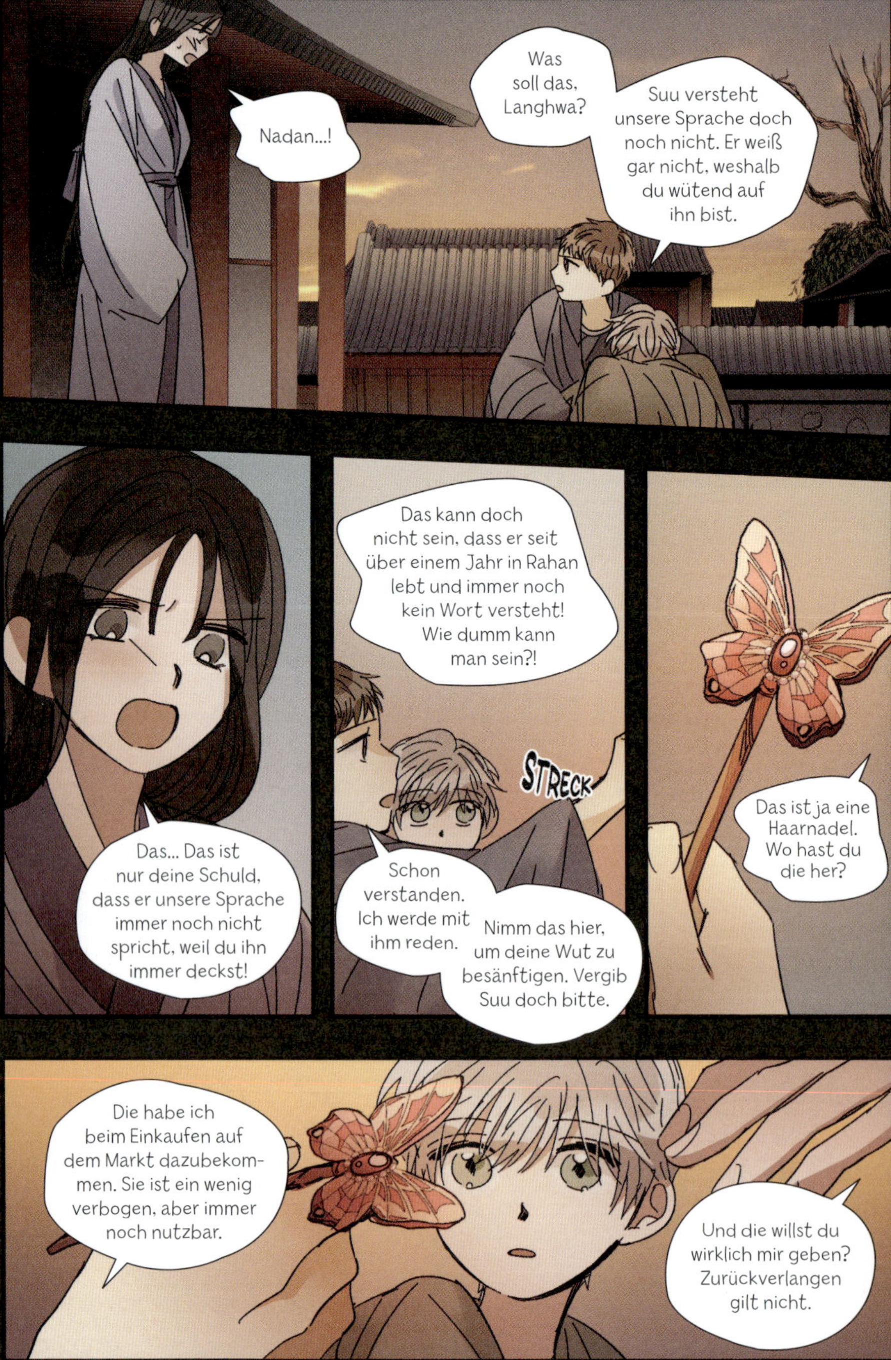
Nadan...!
Was soll das, Langhwa?
Suu versteht unsere Sprache doch noch nicht. Er weiß gar nicht, weshalb du wütend auf ihn bist.
Das... Das ist nur deine Schuld, dass er unsere Sprache immer noch nicht spricht, weil du ihn immer deckst!
Das kann doch nicht sein, dass er seit über einem Jahr in Rahan lebt und immer noch kein Wort versteht! Wie dumm kann man sein?!
STRECK
Schon verstanden. Ich werde mit ihm reden.
Nimm das hier, um deine Wut zu besänftigen. Vergib Suu doch bitte.
Das ist ja eine Haarnadel. Wo hast du die her?
Die habe ich beim Einkaufen auf dem Markt dazubekommen. Sie ist ein wenig verbogen, aber immer noch nutzbar.
Und die willst du wirklich mir geben? Zurückverlangen gilt nicht.

RUCK
EIL
Sieh nur, er rennt wie eine Ratte davon und dankt dir nicht mal!
Suu!
Ich weiß wirklich nicht, was unser Herr an ihm findet...
Nadan, du solltest diesen Kerl auch einfach in der Gosse verrotten lassen!
Soll er doch verrecken!

Suu!
Warte!
GREIF
Suu...
KULLER
Suu, warum weinst du denn?! Langwha tut sich nur selbst leid, deswegen führt sie sich so auf.
Ihre Ausbrüche halten doch auch nie lang an.
HEUL

Was???
Moment mal, ähm... hör erst mal auf zu weinen und erzähl mir langsam...
=?!
FRUST RIERT
TSCHACK TSCHACK
Was ist das? I...Ist das etwa... du weißt schon was...?
!!!
Suu, tut dir etwa dein Piepmann weh?! Zeig mal her!
!!!
* SUU KANN ABSOLUT NICHT MALEN.
HRGH
HRGH
Ich weiß zwar nicht, was los ist...
... aber Suu ist echt süß.
MWAH

SCH
LING
Aber er sollte trotzdem schnell unsere Sprache lernen...
Dann gäbe es auch nicht mehr so viele Missverständnisse mit den anderen...
Nadan, wie lange willst du denn bitte noch...

… hier rumjammern?

Aua...
Nadan, wie lange willst du denn bitte noch...
... hier rumjammern?

Für wen tue ich denn das hier alles?
Wenn ich nur an meinem eigenen Wohl interessiert wäre, wäre ich nicht einmal hier.
...
Ich weiß ja, dass ich die einfachste Zielscheibe für deine Wut bin, aber du hast keinerlei Recht dazu, mich hier zu beschuldigen.
Geh. Ich werde hier auf meine Strafe warten.
Ich wäre schließlich nicht der Erste, der stirbt, weil er in eine Falle getappt ist.
Ich werde aber kein Wort über dich verlieren, also brauchst du dir deswegen keine Sorgen zu machen.

Wenn ihr fertig seid, dann komm jetzt raus!
Draußen ist irgendein Aufruhr, also solltest du schnell verschwinden, wenn du nicht auffliegen willst.
Ich habe echt keine Ahnung, welcher Herr hier am letzten Festtag unbedingt den Kerker besuchen will...
Du solltest der Person allerdings lieber nicht begegnen, also hopp, hopp, beeil dich.
FLOPP
Mein Schuh...
Lass ihn einfach liegen und komm schnell hoch!

Soll ich einfach barfuß weiterlaufen?!
Was geht mich das an? Du bist hier, um einen Verräter zu besuchen, und gibst dabei nicht mal deine Identität und deine Position preis.
Du hast verdammtes Glück, dass ich dich überhaupt für etwas Geld hier reingelassen habe. Andere hätten ihr Geld hier gelassen und trotzdem nicht mal einen Blick in den Kerker werfen dürfen.
Na ja, außer du möchtest einen Aufpreis fürs Schuhe aufsammeln zahlen?
Nein, da ziehe ich lieber beide Schuhe aus und beiße die Zähne zusammen.
KLATSCH

Du kleiner...!!!
BATSCH
Für wen hältst du dich bitte?! Du verrätst ja nicht mal, wer dein Herr ist!
Freches Ding. Dein Herr ist vermutlich genauso jämmerlich wie du.
TSCHACK
RUMS
Wenn du meinen Herrn beschimpfst, beschimpfst du damit das ganze Reich Rahans und die kaiserliche Familie.
Du wirst es definitiv bereuen, dass du Hand an mich gelegt hast.

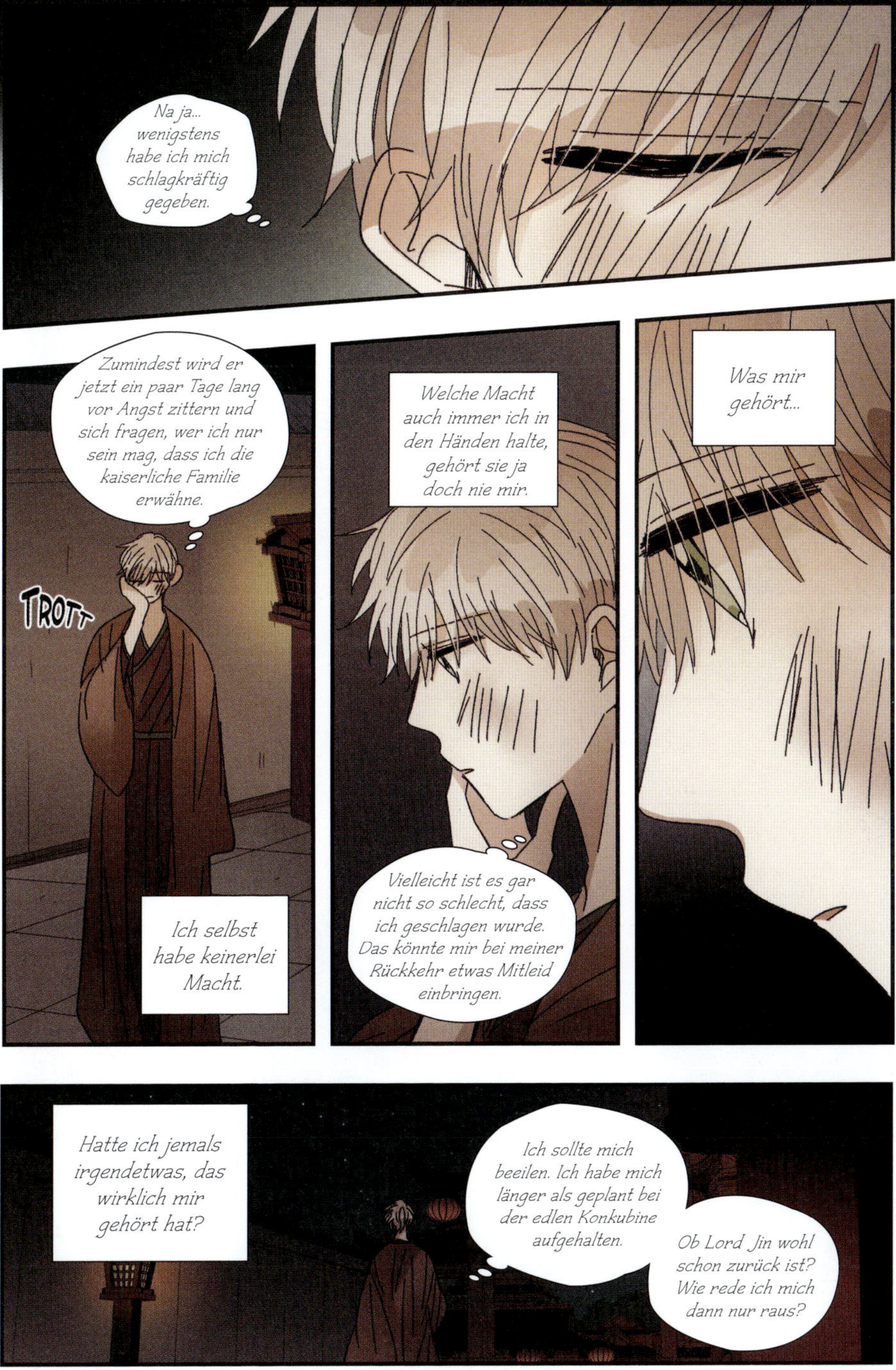
Na ja... wenigstens habe ich mich schlagkräftig gegeben.
Zumindest wird er jetzt ein paar Tage lang vor Angst zittern und sich fragen, wer ich nur sein mag, dass ich die kaiserliche Familie erwähne.
TROTT
Ich selbst habe keinerlei Macht.
Welche Macht auch immer ich in den Händen halte, gehört sie ja doch nie mir.
Vielleicht ist es gar nicht so schlecht, dass ich geschlagen wurde. Das könnte mir bei meiner Rückkehr etwas Mitleid einbringen.
Was mir gehört...
Hatte ich jemals irgendetwas, das wirklich mir gehört hat?
Ich sollte mich beeilen. Ich habe mich länger als geplant bei der edlen Konkubine aufgehalten.
Ob Lord Jin wohl schon zurück ist? Wie rede ich mich dann nur raus?

Ich wollte doch nur so glücklich wie die anderen sein.
DONG
Das hat für mich immer Glück bedeutet.
DONG
Das ist das Glockenspiel vom Laternenfest...

Man kann es zwar auf die Entfernung mit den Augen sehen...
... aber mit den Händen doch nie erreichen.
Ich stehe immer nur auf der anderen Seite und sehe, was andere besitzen...

So viele...

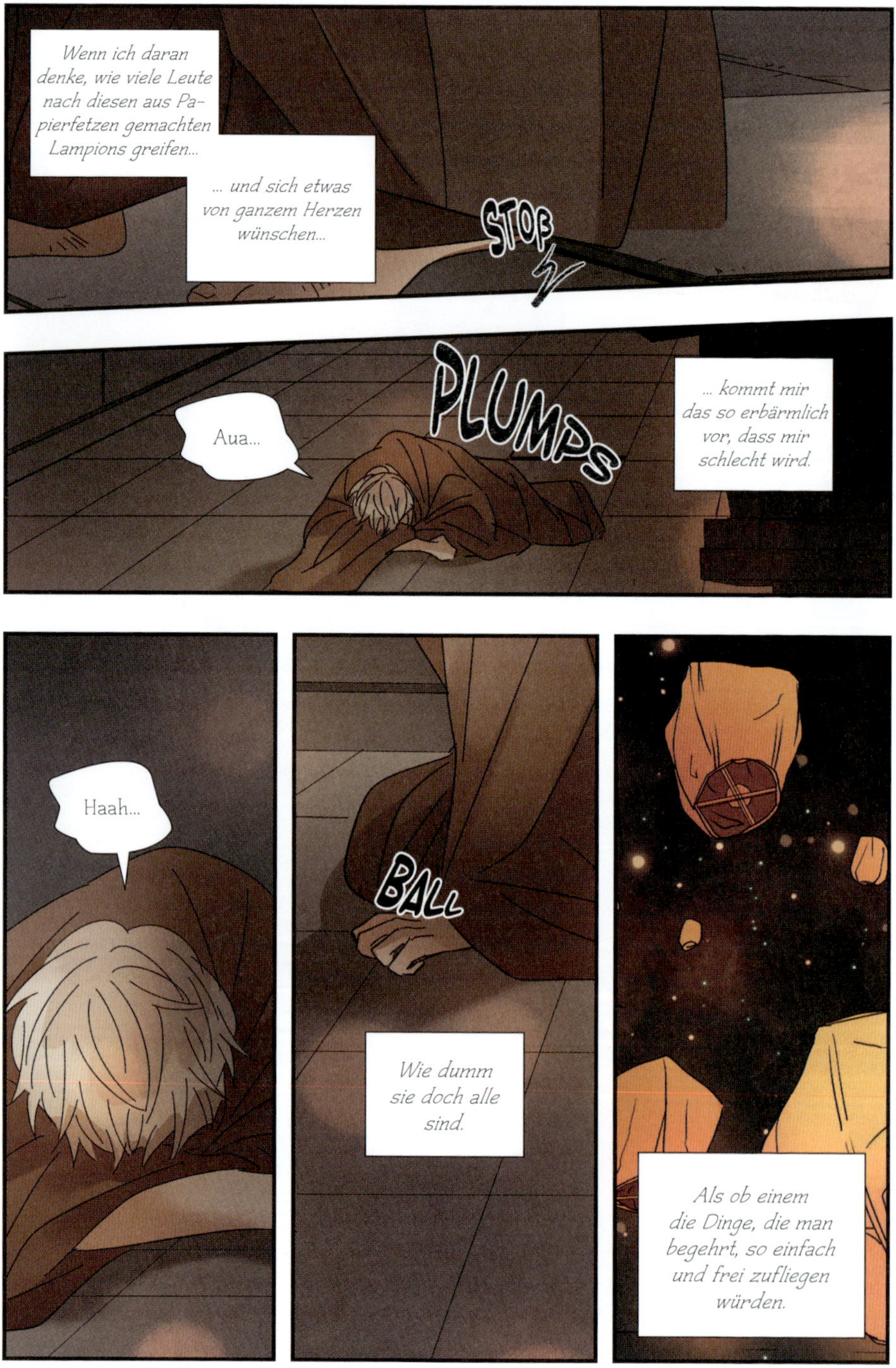
Wenn ich daran denke, wie viele Leute nach diesen aus Papierfetzen gemachten Lampions greifen...
... und sich etwas von ganzem Herzen wünschen...
STOß
PLUMPS
Aua...
... kommt mir das so erbärmlich vor, dass mir schlecht wird.
Haah...
BALL
Wie dumm sie doch alle sind.
Als ob einem die Dinge, die man begehrt, so einfach und frei zufliegen würden.

Wenn man
Zeit für solch
unsinnige Gebete hat,
sollte man lieber
aufstehen und...

Bist du einfach nur jemand, der einem einen Haufen Arbeit macht...
... oder hast du ein Talent dafür, jemanden auf allerlei verschiedene Weisen zur Weißglut zur bringen?

Dann versuch mal, dich rauszureden.

Ich...

Bitte helft mir...

Kapitel 23

Hast du gesehen, wie aufgebracht Hwaryun vorhin war?
Ich dachte, dass er Suu einfach nur als Vorwand benutzen würde, um Mamsell Yeon eine ernste Warnung zu erteilen.
Denkst du, dass er wirklich wegen Suu so auf-gebracht war?
Ja, er hat seine Wut einfach nur an der Mamsell ausgelassen.
Suu hat doch jetzt rausgefunden, was passiert, wenn er nicht spurt.
Dazu hat er auch noch mitgekriegt, dass dieser Nadan, oder wie er heißt, eingesperrt ist. Das nervt ihn tierisch.
Ich hätte aber nicht damit gerechnet, dass er ihn persönlich suchen geht.
Wobei Hwaryuns Gesicht von uns dreien ja tatsächlich am wenigsten bekannt ist.
Aber Mamsell Yeon hätte es wirklich besser wissen sollen. Wenn sie die ehe-malige Hohepriesterin so verehrt, hätte sie Hwaryun einfach in Ruhe lassen und ihr ins Jenseits folgen sollen.
Glaubst du etwa, sie würde die Augen für immer zumachen, solange der Posten der Hohepriesterin noch unbesetzt ist?
...

Es riecht nach Blut.
Ach herrje, Prinz Sahara. Wisst Ihr, einmal im Monat müssen wir Frauen Blut sehen.
Habt Ihr vielleicht schon von der Redewendung gehört, dass man Blut mit Blut reinigen muss?
Es ist bei dir diesen Monat doch noch gar nicht an der Zeit.
Wann kommt Suu?
Seine Hoheit eskortiert ihn persönlich, daher wird er schon bald hier sein.
Das haben wir auch nur dem Idioten hier zu verdanken, der vergessen hat, den Gang in die Berge raus zu verschließen.
Ich will auch mit.
Das wird leider nicht gehen. Wenn Ihr auch noch verschwindet, können wir unser blaues Wunder erleben.
Wartet hier schön brav bei uns. Suu wird schon bald zurück sein.
Selbst in dieser Form...

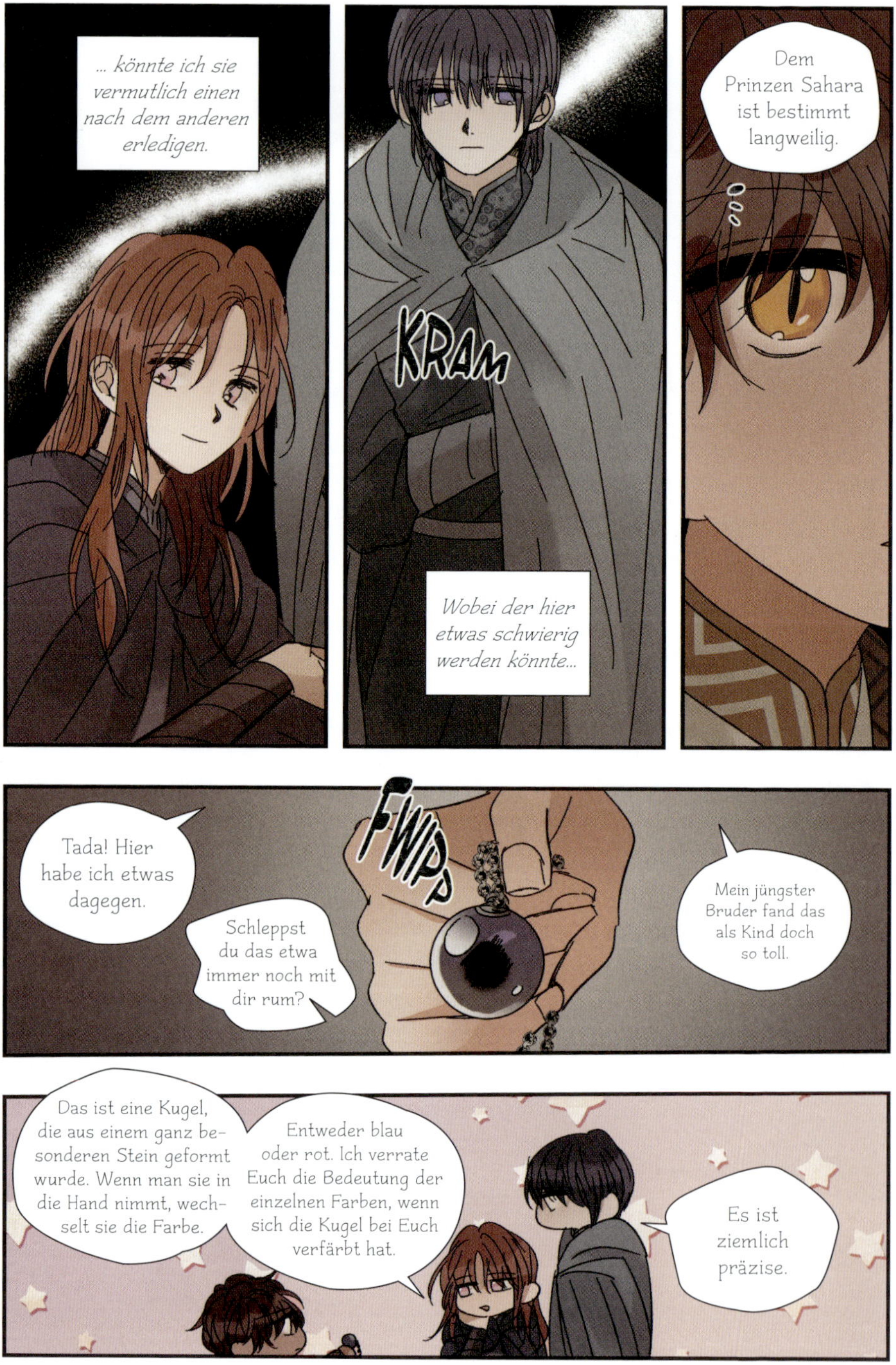

... könnte ich sie vermutlich einen nach dem anderen erledigen.
KRAM
Wobei der hier etwas schwierig werden könnte...
Dem Prinzen Sahara ist bestimmt langweilig.
FWIPP
Tada! Hier habe ich etwas dagegen.
Schleppst du das etwa immer noch mit dir rum?
Mein jüngster Bruder fand das als Kind doch so toll.
Das ist eine Kugel, die aus einem ganz besonderen Stein geformt wurde. Wenn man sie in die Hand nimmt, wechselt sie die Farbe.
Entweder blau oder rot. Ich verrate Euch die Bedeutung der einzelnen Farben, wenn sich die Kugel bei Euch verfärbt hat.
Es ist ziemlich präzise.

In seltenen Fällen tritt auch eine andere Farbe auf.
Das ist nur billiger Krimskrams, also miss dem Ganzen nicht zu viel Bedeutung bei.
Ich habe das auch nur als Kind von meinem großen Bruder als Spielzeug geschenkt bekommen.
Hat sich die Farbe verändert?
Du warst damals kurz total aufgeregt, weil du dachtest, es wäre was zu essen.
Rede nicht vom Essen... Sonst kriege ich nur wieder Hunger.
...

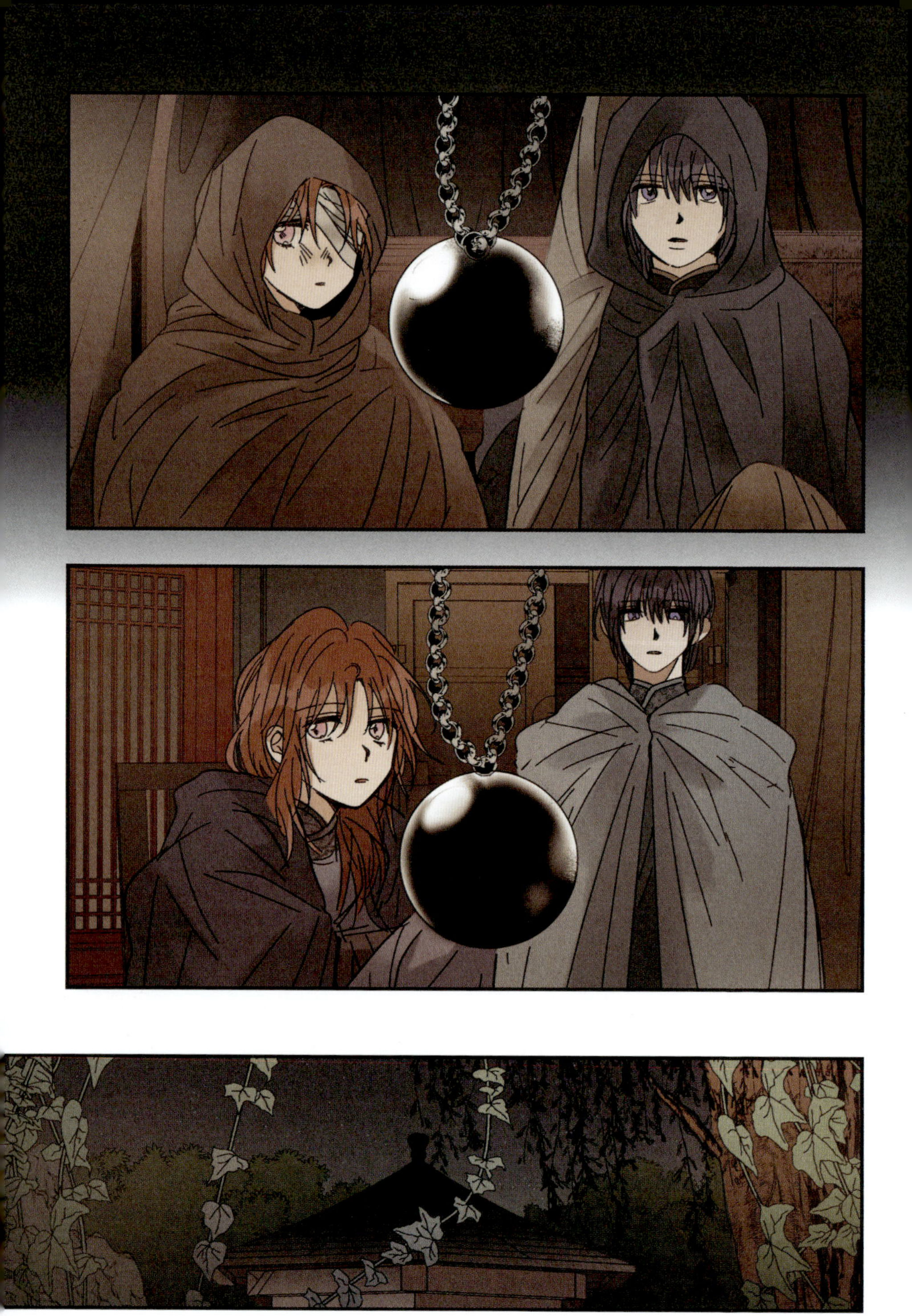

Er ist sogar extra meine Schuhe holen gegangen...
Aber dann ist er einfach losgestürmt und hat sich kein einziges Mal zu mir umgedreht...
Sobald wir ankommen, kann ich mich wohl auf was gefasst machen.
Jedenfalls redet er kein Wort mit mir...
Ich kann gar nicht einschätzen, wie wütend er ist...
STOPP
Ähm, Lord Jin...
Das vorhin...
Ts.
STOß

Sei still
und komm
hier rüber.
ZERR
Ah...!

...
Ich habe doch gesagt, dass du mir alles nach unserer Rückkehr erzählen kannst.
Also versuch nichts Dumm...

KLAMMER
Ich warne dich.

Ich bin kein Freund davon, Probleme auf diese Weise zu lösen.
Du bist doch so ein schlaues Köpf-chen, also weißt du bestimmt, wie ich das meine.
Tut mir leid.
Es ist nur, dass mir meine Wange einfach so wehtut.
Fasst doch mal hin! T_T
Dieser Irre hat mich dutzende Male geschlagen... Und auch noch meine Schuhe weggenommen...
Wenn ich in diesem Zustand zurückkehre, erschreckt sich Prinz Sahara bestimmt...

Das letzte Mal meintet Ihr doch, dass Ihr mit einem Kuss heilen könntet...
Oder... etwa nicht?
BATSCH
Du verdienst diese Schmer-zen.
!!!
Da du jetzt so einen Unfug treiben kannst, scheint es dir wohl wieder gut zu gehen.
Argh, warum schlagt Ihr mich denn auch noch, anstatt Worte zu be-nutzen?! Ich habe doch gesagt, dass ich heute schon ein dutzend Mal geschlagen wurde!
Mit einem Dutzend meinst du vermutlich nur zwei Schläge.

Und nur zu deiner Information, ich bin eher mit der »Auf die Knie und Augen ausweinen«-Masche rumzukriegen.
So wie vorhin.
Aber ich...
... habe vorhin doch gar nicht geweint.
Du bist wirklich dreist.
Jedenfalls kannst du mir alles erzählen, wenn wir zurück sind.
Mein Herr... Mir tun wirklich die Füße weh. Könnten wir uns dort drüben nicht für einen klitzekleinen Moment ausruhen?
Ich verspreche auch hoch und heilig, dass ich nichts anstelle.
Versuch es lieber gar nicht erst.

Urgh... Das ist so kalt und sticht...
PLATSCH
Das geschieht dir nur recht.
Was sagt Ihr dann dazu, dass die Haut von meinen Füßen schon ganz abgerieben ist und es selbst mit Schuhen furchtbar wehtut?
Vergiss es, ich werde dieses Mal weder deine Wange noch deine Füße heilen.
Es ist ja aushaltbar, aber es tut trotzdem weh...
Jedenfalls danke ich Euch.
Wofür?
Einfach...

Einfach dafür, dass Ihr vorhin nicht total ausgeflippt seid, als Ihr mich gefunden habt.
Dabei wusstet Ihr doch bestimmt, was ich getan habe.
Nun... Es war schon beeindruckend, dass du die Ketten aufbrechen konntest.
Du hast mehr versteckte Talente, als gedacht.
Ich war ebenfalls überrascht, wie kaltherzig Ihr angeordnet habt, mich in Ketten zu legen.
Hier liegt ein Missverständnis vor. Ich würde es niemals wagen, deinen liebreizenden Knöcheln etwas anzutun.
Verschaukeln kann ich mich selbst.
Aber jedenfalls... macht mir das nichts aus.
Schließlich...

... werde ich überall so be-handelt.
Werdet Ihr mich anderweitig bestrafen, wenn wir zurückkehren?
Willst du denn bestraft werden?
Ganz sicher nicht... Aber ich habe mich nun mal falsch verhalten.
Hm, wenn ich dich so ansehe, hast du schon genug gebüßt, da muss ich nicht auch noch draufhauen.
Auch wenn du es gewagt hast, dich einfach für ein Rendez-vous mit einem Verräter aus dem Schrein zu schleichen.

Aber ich verstehe auch, wie schockiert du sein musst, dass dein Geliebter sich als Verräter rausgestellt hat. Deshalb werde ich noch mal ein Auge zudrücken.
Vorausgesetzt natürlich, dass du nichts mit dieser Sache zu tun hast.
Ich...
Natürlich nicht! Nie im Leben!
Nadan und ich sind nur Freunde.
Er ist ein Freund, dem ich viel zu verdanken habe...
W...Wenn wir aber schon beim Thema sind, würdet Ihr bitte mein Gesuch an den Kronprinzen weiterleiten? Ich flehe ihn an, sein strenges, aber gerechtes Urteil über den Sträfling zu verschieben.
Nadan wäre niemals in der Lage, so etwas zu tun.
Es geht mir dabei nicht um sein Leben, so viel bedeutet er mir nicht. Aber ich möchte nicht, dass der Fall damit abgeschlossen wird und der wahre Täter ungeschoren davonkommt.

Ihr habt doch selbst bereits bei der Jagd vermutet, dass es einen Drahtzieher gibt, der hinter dem Attentat steckt!
Nadan hat nichts mit der Sache zu tun! Ihm wurde das nur in die Schuhe geschoben!
Er war wahrscheinlich einfach nur zur falschen Zeit am falschen Ort.
Hmm...
Was würdest du dann sagen, wenn ich den Kerl freilasse...
... und du dafür seine Strafe verbüßt?

Ich...
Auf keinen Fall. Ich bin nicht so stark wie Nadan und würde diese Folter niemals überleben!
Jemand wie ich würde keinen Tag lang dort überstehen und sofort ins Gras beißen.
Es ist wirklich löblich zu sehen, wie objektiv du dich beurteilen kannst und wie viel dir dein eigenes Leben lieb ist.
Was würde es schon bringen, wenn ich an seiner Stelle sterbe?
Mir ist das zuvor schon aufgefallen, aber immer, wenn es um diesen Kerl geht, verlierst du deinen rationalen Blick.
Kennt Ihr das...

... wenn eine Erinnerung Euer ganzes Leben beeinflusst?
Natürlich mag das für andere nur wie eine Kleinigkeit aussehen...
... aber für einen selbst ist das ein Moment, dank dem man am Leben ist.
Ein Moment, dem man einfach nicht entfliehen kann...
Gibt es so eine Erinnerung auch für Euch?
PLATSCH
Hmm... Ich bin mir nicht sicher, ob du so etwas damit meinst...

... aber als ich klein war...
... habe ich meinen Vater, der mich und meine Mutter links liegen gelassen hat, sowohl verabscheut als auch vermisst.
Ich habe mich danach gesehnt, vor ihm aufzutauchen und ihn dazu zu bringen, seine Entscheidung zu bereuen.
Ich habe mein Leben damit verbracht, darauf zu warten, dass ich immer stärker und er immer schwächer wird.
Denn ich traute mir damals nicht zu, es mit ihm aufzunehmen.
Ihr wart schon in Eurer Kindheit so berechnend.
Eines Tages... habe ich auf einem leeren Feld in der Nähe meines Hauses einen Drachen steigen lassen.

Aber der Drache hat sich so hoch oben in einem Baum verfangen, dass ich als kleines Kind einfach nicht dran kam.
Es gab niemanden in der Nähe, den ich hätte um Hilfe bitten oder befehligen können. Während ich also am Grübeln war, was ich jetzt mache...
... hat mir ein Mann, der zufällig vorbeigelaufen kam, lächelnd den Drachen aus dem Baum geholt.
Dieses Lächeln sah so freundlich aus, dass er mir wie ein guter Mensch vorkam.
Er hat mich gefragt, zu welcher Familie ich gehöre, aber ich konnte ihm nicht antworten, weil ich mich so geschämt habe, keinen richtigen Vater zu haben.
Später habe ich dann aber rausgefunden, dass genau dieser Mann mein Vater war.
Ich kam mir eine ganze Weile so erbärmlich vor, weil ich meinen eigenen Vater nicht erkannt habe und mich dann auch noch direkt so von ihm habe einnehmen lassen.

Schon erstaunlich, dass wir beide den jeweils anderen nicht erkannt haben, was? So viel zur väterlichen Bindung mit dem eigenen Sohn.
Rück-blickend denke ich...

... dass ich ihn einfach hätte gehen lassen sollen. Warum konnte ich das nur nicht?
STREICH
Wirklich dumm von mir, nicht wahr?
Manchmal...
... sind es nicht die harten und kalten...
... sondern die warmen Worte, die die Tränen fließen lassen.

Es war also wirklich gelogen, dass du mit deinen Küssen Leute heilen kannst.
Ich darf ihm nicht verfallen.
Nun... ich habe in dem Moment natürlich einfach nur irgend-was gesagt.
Er und ich sind uns ziemlich ähnlich.
Schließlich wollte ich dich küssen.

Kapitel 24

Wenn ich zurückblicke...
... sah ich meine Zukunft damals noch klarer vor mir als jetzt.

Vielleicht habe ich deshalb keine Sekunde länger gezögert...

Bitte verzeiht meine erneute Unverschämtheit, verehrter Lord Jin.
Ich altes Weib habe Eure Befehle missverstanden, wodurch es zu diesem unrühmlichen Vorfall kam.
Ich bitte zutiefst um Vergebung...
... dass ich den Diener des Prinzen angekettet und damit die Autorität des Prinzen untergraben habe.
Und ich habe mich schon gefragt, weshalb er darauf bestanden hat, zusammen zu speisen, obwohl das Laternenfest doch vorbei ist.
BEUG
Haah...

Wollte er mir das hier zeigen?
Ich befürchte, dass ich dank dir in einem tollen Missverständnis gelandet bin.
Wie könnte ich jemals den Befehl geben, Suu anzuketten oder ihn zu verkrüppeln? Schließlich habe ich ihn ja persönlich in den Schrein gebracht, in der Hoffnung, dass er den Prinzen beschwichtigen kann.
Entschuldigt vielmals, mein Herr. Ich habe Eure Befehle mit denen des Prinzen verwechselt, weshalb es zu diesem Missverständnis gekommen ist.
Dir ist doch sicherlich bewusst, auf welche Person mein Ruf zurückfällt, daher weiß ich wirklich nicht, wie dir solch ein dummer Fehler unterlaufen konnte.
Es gibt keine Entschuldigung für meine Taten. Ich bitte untertänigst um Verzeihung.

Was? Fragt Ihr das etwa mich?
So, was sollen wir mit ihr tun, Suu?
Ich habe doch gerade deinen Namen genannt.
Jeder Mensch...
... macht mal Fehler oder kann etwas missverstehen.
Dieser Kerl...
Du wurdest ja ebenfalls von ihr beleidigt, weshalb ich mich deiner Entscheidung fügen werde.
Wirst du Mamsell Yeon verzeihen?
Außerdem wollte sie mich nicht beleidigen, sondern hat sich einfach nur an die Regeln, die ihr im Schrein gelehrt wurden, gehalten.

Wenn das Suus Wille ist, werde ich die Sache auf sich beruhen lassen.
Zieht euch nun alle zurück.
Jawohl, mein Herr.
Ich bitte Euch, dies zu berücksichtigen, Mein Herr.
Steht Ihr auf keinem guten Fuß mit Mamsell Yeon, mein Herr?
Ihr Schicksal in die Hände von mir, einem niederen Diener, zu legen, ist an sich schon ein extremer Affront. Sie hat doch mindestens ein Jahrzehnt hier im Palast verbracht, um zur Mamsell aufzusteigen!
Wenn Ihr beide einander nicht ausstehen könnt, hättet Ihr Euch doch einfach gegenseitig an die Gurgel gehen können, anstatt mich da mit reinzuziehen!
Unsinn, weshalb sollte eine einfache Mamsell mit einem einfachen Wächter im Zwist liegen?
Was macht Ihr dann bitte, wenn Mamsell Yeon sich dafür an mir rächen wird?!

Weshalb macht Ihr mich zu ihrer Zielscheibe?
Sie ist doch Schuld daran, dass du mich in so einem schlechten Licht siehst.
Sie hat einfach Befehle ausgeführt, die ich nie gegeben habe. Was diese Sache angeht, bin ich wirklich unschuldig!
Wenn Ihr nichts davon wusstet, dann muss der Kronprinz den Befehl gegeben haben.
Ein Prinz, der seinen eigenen Bruder einsperren lässt und befiehlt, dass er und sein Diener verkrüppelt werden sollen, sollten sie einen Fluchtversuch unternehmen...
Das ist ja wirklich ein herrlicher Mensch, dem Ihr da dient.
Stimmt, Machtspielchen sind genauso grausam und beschämend wie die Fehden im Harem.
Du und ich leiden hier wohl unter dem gleichen Schicksal, hahaha!
Zieht mich bloß nicht in Euer Schicksal mit rein.

Wie auch immer, es ist echt lange her.
Stimmt. Hier habt Ihr mir vom Laternenfest erzählt.
Schade, von hier aus hätte man, ganz wie Ihr gesagt habt, einen wirklich groß-artigen Ausblick gehabt.
Na ja, es gibt ja immer noch das nächste Fest in zwei Jahren.
In zwei Jahren...
An einem Ort wie diesem kann in zwei Jahren viel passieren. So viele Menschen kommen und gehen, dass es wie eine weit entfernte Zukunft klingt.

Ob Ihr und ich dann immer noch am selben Ort sein werden?
Prinz Sahara wird bis dahin bestimmt ganz schön gewachsen sein, oder?
Solange der Kronprinz bis dahin immer noch seinen Anspruch auf den Thron, sowie seinen Kopf behält, sollte das doch möglich sein.
Mein Herr, Ihr solltet wirklich nicht solche gefährlichen Reden in der Öffentlichkeit schwingen...
Was habt Ihr Euch denn heute gewünscht, mein Herr?
Wenn ich es dir verrate, wirst du mich nur auslachen, weil es so langweilig ist.
Verratet es mir doch bitte.
Ich habe mir Regen für Rahan gewünscht.

Oh... In solchen Momenten zeigt Ihr Euch plötzlich patriotisch?
Das ist ja wirklich langweilig. Habt Ihr denn keine Wünsche für Euch selbst?
Das ist ein Wunsch für mich.
Was ist mit dir?

Ich...
Ich habe ihm nicht geantwortet.

Oh, da drüben lässt jemand jetzt erst seinen Lampion steigen.
Solche Leute gibt es jedes Mal. Das wird bis morgen noch mehrere Male vorkommen.
Und auch er hat nicht weiter nach-gefragt.

Der Himmel hat sich wieder verdunkelt.
Zurück in den Gemächern hat sein Untergebener mit einem Blick gewartet, der ausdrückte, dass er viel zu sagen hat.
Da bist du ja...
Lord Jin hat mich jedoch zuerst in meiner Kammer begleitet.
Du kannst mir später Bericht erstatten.
Jawohl.
Du bist bestimmt müde, also ruh dich gut aus.
Ich werde mich um Prinz Sahara kümmern, also verlass du heute nicht mehr diesen Raum.
Oh... jawohl.
Dann wünsche ich eine geruhsame Nacht.

Könnt Ihr...
SCHMIEG
Könnt Ihr heute die Nacht hier bei mir verbringen?

Blödmann.
Was will der bloß von mir?
PRESS
War er es?

Hat er dir das hier aufgetragen?
Es ist wahr, dass ich Gefühle für dich hege.
Jedoch kann ich diese Avance nicht annehmen.
Das fühlt sich nämlich beleidigend an.
Das hat nichts mit Nadan zu tun.

Ich bin hier nur der Abschaum.
Bitte vergebt mir...
WÄLZ
Dieses Mal...
... habe ich ihn vielleicht wirklich wütend gemacht.
Aber warum...
... kann er sich nie bis zum Schluss als freund-lich ausgeben?

Das würde das Ganze einfacher machen.
Ich habe die Schnauze voll von dieser vagen Distanz zwischen uns.
Warum nimmt er mich nicht einfach, wenn ich gewillt bin?
Die sind doch alle gleich...
Ich kann nicht schlafen...
Ist ja auch kein Wunder.
Soll ich mir lieber eine Tasse Tee machen? Irgendwas Warmes wäre jetzt gut...
Es ist so stickig hier.

Der Prinz schläft jetzt vermutlich, oder?
Soll ich einfach kurz bei ihm vorbeischauen? Dieser Sturkopf wartet doch bis in die Puppen...
SCHIEB
Nein... Ich bleibe einfach allein.
Lord Jin hat ja vorhin gemeint, dass ich den Raum nicht verlassen soll.
Ich kann also schlecht an die frische Luft gehen, und die anderen Räume hier werden genauso stickig sein.
Wie lange nur...
Wie lange muss ich mich noch immerzu den Befehlen anderer beugen?
Überall das Gleiche...

Ich habe es so satt...
TAPP
Suu!!!
Da bist du ja! Was machst du denn hier drau-ßen?!
Eure Hoheit?! Seid Ihr etwa immer noch wach?!

Ihr könnt doch nicht mitten in der Nacht herumwandern!
Wenn Ihr nicht genügend Schlaf bekommt, wachst Ihr nicht!
Ich bin nicht herumgewandert, ich bin nur zu dir gekommen!
Ich wollte vorhin schon kommen, aber Suryeon hat dauernd gemeckert... Suryeon ist doof.
Da kann ich nicht widersprechen...
Du hast mich doch gerade gerufen!
Und wenn du mich rufst, komme ich jederzeit sofort angerannt!
Ihn gerufen...?
Habt Ihr die ganze Zeit über allein gewartet?
Nein, da waren auch eine Frau und ein Mann... aber die waren langweilig.
Deshalb werde ich heute bei dir schlafen!
Ah... Die beiden sind mir zwar egal, aber... meine Kammer ist ziemlich klein...
Ich will hier schlafen!!!
Darf ich Euch mal was fragen, Eure Hoheit?

Piks
Weshalb liegt Ihr nie auf dem Kissen, sondern nur auf Eurem Backen-speck?
Suu... Warum bist du immer so gemein zu mir?
Piks
Ich bin nicht gemein, ich frage das wirklich aus reiner Neugier.
Piks
Wie lange wollt Ihr denn noch Euren Speck als Kissen benutzen? Ist das flauschiger?
Lass das! Hör auf, mich zu ärgern!!!
In Rahan wird man mit 15 erwachsen, oder?
Dann wird auch schon bald über Eure Vermählung geredet werden.
Bei Mitgliedern der kaiserlichen Familie geht das noch schneller. Wow!
Ihr solltet Eurem Babyspeck schnell entwachsen. Wann wollt Ihr nur größer werden?
Piks

Ich will nicht größer werden. Dann bekomme ich so viel zu tun...
Wenn ich groß werde, gibt es zu viele Scherereien.
HAAH
Huch?! Habt Ihr vorhin etwa die Klugheit mit Löffeln gefuttert, dass Ihr so schlau daherredet?!
Mir gefällt es so, wie es jetzt ist. Du bist ja auch bei mir...
Ich will nicht, dass sich was ändert.
Es gibt wohl kaum jemanden, der Veränderungen toll findet.
Aber jeder Mensch verändert sich, da gibt es kein Entkommen.
Falls ich Euch hintergehen würde, würden sich Eure Gefühle doch auch für mich verändern.

Suu!!! Wirst du mich etwa hinter-gehen?!
Hmm, gute Frage... Was mache ich nur? Ich hintergehe norma-lerweise jeden.
ZACK
Na schön, ich vergebe dir, weil du mich vor-gewarnt hast!
Lügner. Ihr sagt das zwar jetzt, aber wenn ich Euch wirk-lich hintergehe, werdet Ihr mir das Leben zur Hölle machen.
Ich glaube keinen großen Reden, denn am Ende haut man die Leute doch nur in die Pfanne.
Ich nicht!!!
Bevor der Moment eintritt, weiß man selbst nicht, ob man sich verändern wird oder nicht.
Ich aber nicht! Ich werde dich weiter lieb haben!!!
So sehr ein Mensch es auch abstreiten mag, wenn einer einem nicht glaubt, redet man sich nur den Mund fusselig.
Ich werde jedes Wort von dir glauben!!!
Also hintergeh mich nicht! Oder nein, meinetwegen kannst du das auch machen, nur sag mir vorher...

Suu,
weinst du?

Fortsetzung folgt in Band 4 von Where the Dragon's Rain Falls!

Where the Dragon's Rain Falls

Bonuskapitel

Du kennst doch Suu Kim, der an unsere Schule gewechselt hat, oder?

Er ist jetzt schon seit ein paar Monaten bei uns, aber sitzt in der Mittagspause immer noch ganz allein da.
Auch sonst ist er immer nur allein... Er ist extrem schüchtern.
Könntest du dich nicht ein wenig um ihn kümmern...
... damit er sich hier besser eingewöhnt, Suryeon?
Hm? Du bist doch so ein aufrichtiger Junge und hast auch stets gute Noten.
Ach... na ja.
Ich werde es mal versuchen.

Was hat meine Aufrichtigkeit...
... bitte mit dem neuen Loser an der Schule zu tun?
Habt ihr diesen Suu schon mal gesehen?
Ja, ich. Er ist in einem der anderen Klassenzimmer, bevor ich dort Unterricht habe.
Ich hab ihn ein paar Mal im Vorbeigehen gesehen.
Er sieht ein bisschen wie die Sporen einer Pusteblume aus. Und er trägt eine Brille.
Also mit anderen Worten: dämlich? Für mich sah er einfach nur wie eine Krähe aus.
Oh, da ist er ja.

Wo trottet der denn hin?
TROTT
Der schlurft immer rum wie so ein Zombie.
TROTT
Alles klar?! Oh nein, geh lieber gleich mal zur Krankenstation.
HAHAHA
Boah, wie geil, hahaha! Er kann nicht mal einem dummen Ball ausweichen?
HAHAHA
HAHAHA
Hey! Vorsicht, da drüben!!!
BATSCH
HANDY
KRACKS
Oh Gott!
Und ich soll mich um den kümmern...
Aua...

SCHALALA
Meine Nase tut weh...

Das gibt es doch gar nicht!!!
Der sieht ja wie ein komplett anderer Mensch aus?!
Hä...? Ich sehe keinen Unterschied.

Verdammt... Diese verfickten Fußballer, die können sich doch alle mal ****** gehen... Ich werde euch einfach alle bei der Polizei anzeigen, boah, fuck.
GRUMMEL
GRUMMEL
Und wo ist mein Handy hingeflogen?
TAST
Hier.
Du bist Suu, nicht wahr?

Ich bringe dich zur Kran-kenstation.
Du bist doch neu hier und weißt bestimmt noch nicht, wo die ist.
Er stinkt nach Ziga-retten.
Kannst du aufstehen?

FWIPP
Suryeon, was wird das hier?

Warum solltest du Suu begleiten?
Das übernehme ich.

STRAHL
Solltest du nicht im Jugendknast sitzen?
Ich wurde suspendiert!!! Und das nur wegen dir!!!
Das weißt du selbst, also mach hier nicht einen auf Unschuldslamm!

Suu, sag es mir, wenn der Kerl dich mobbt. Ich werde ihn dann sofort wegen Gewalt an der Schule anzeigen.
Alter, ich bin voll dicke mit Suu!!! Suu, fall bloß nicht auf den Penner rein!

Ich sehe auf einen Blick, dass ihr beide kein guter Umgang seid, also verzieht ihr euch bitte?
Nein, Suu! Ich bin voll der nette Kerl!
Der ist echt eiskalt.

Nachwort der Autorin

Hallo Leute, hier ist Eure summer.

Es hieß ewig, dass dieses Buch rauskommen sollte,
und jetzt ist es endlich so weit!!! T_T

Ich freue mich tierisch, es jetzt tatsächlich in meinen Händen zu halten. Das habe ich nur Euch und Eurer Unterstützung zu verdanken!

Ich möchte mich auch bei Eunjeong Choi bedanken, die dieses Buch mit Hochgeschwindigkeit in Bearbeitung gegeben hat, obwohl ich aufgrund verschiedener Umstände zwischendurch immer wieder meine Arbeit unterbrechen musste.

Ich hoffe, Ihr genießt nach dem langen Warten jede einzelne Seite des Buches.

Während meiner Arbeit an diesem Band habe ich auch noch mal in den ersten Band reingesehen und mir ist aufgefallen, wie süß und goldig Suu, Suryeon, Sahara und all die anderen doch sind.

Ich hoffe, Ihr könnt noch einmal Saharas Neunmalklugheit als Kind genießen!

Ich hoffe auch, dass all die Leser*innen, die die Geschichte von »Where the Dragon's Rain Falls« in diesem Buch zum ersten Mal lesen, das genauso unterhaltsam finden!

Bleibt alle gesund und glücklich!

Eure summer, Mai 2022

OCTO

VOICE RUSH!!

HÜBSCHE JUNGS MIT MARKANTEN STIMMEN

Toshiro gilt überall als ruppiger Rowdy, das liegt vor allem an seiner direkten Art und seiner markanten Stimme. Dabei hat er eigentlich ein gutes Herz. Um seiner Schwester ein Kunststudium ermöglichen zu können, arbeitet er neben der Schule hart. Als sein Freund Yuta ihn zu einem Synchronsprecher-Casting mitnimmt und er erfährt, dass es bei einem Award als bester »Voice Actor« zehn Millionen Yen Preisgeld gibt, ist Toshiros Ziel klar: Er will der beste Synchronsprecher Japans werden!

Slice of Life • ab 14 Jahren
Großtaschenbuch • schwarz-weiß
ca. 160 Seiten • 12,5 x 18 cm

HAYABUSA
www.hayabusa-manga.de

hayabusa_manga HayabusaTweets

HARADA

ONE ROOM ANGEL

PREISGEKRÖNTER EINZELBAND

Kouki ist Anfang 30 und ein lustloser Loser, wie er im Buche steht. Eines Tages wird er bei einer Prügelei lebensgefährlich verletzt. Als er aus dem Krankenhaus entlassen wird und in seine Ein-Zimmer-Wohnung zurückkehrt, sitzt dort ein Engel und eröffnet ihm, dass er ab sofort bei ihm wohnen wird - warum das so ist, weiß dieser selbst nicht. Zwischen den beiden entfesselt sich eine ungewöhnliche und intensive Freundschaft – und nicht nur Kouki schöpft neuen Lebensmut...

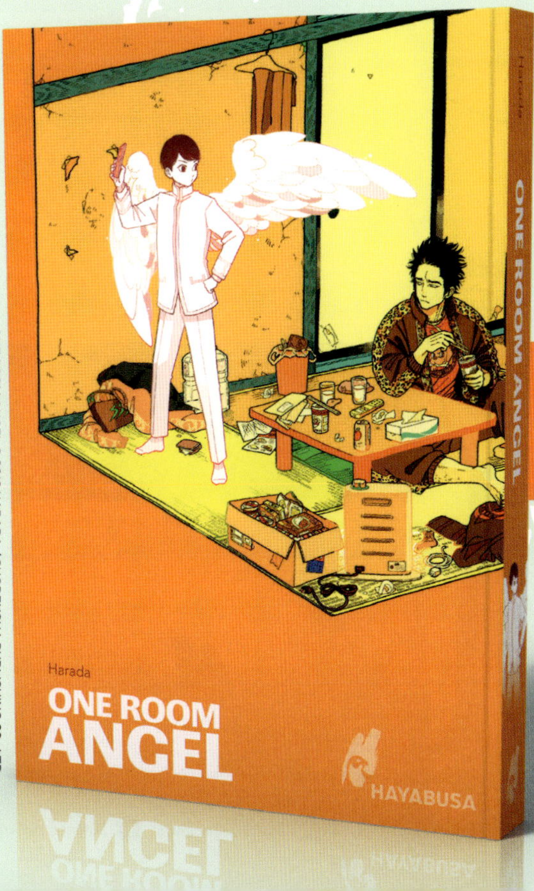

Slice of Life • ab 14 Jahren
Paperback • schwarz-weiß
240 Seiten • 14,5 x 21 cm
Einzelband

HAYABUSA
www.hayabusa-manga.de

hayabusa_manga HayabusaTweets

YUKO INARI

10th

DOPPELT VERLIEBT IN DEN BESTEN FREUND...

Take und Umeko sind seit ihrer Kindheit befreundet. Da Take schweres Asthma hat, fehlt er oft an der Schule und hat aufgrund seines Außenseiterstatus eine emotionale Mauer um sich gezogen. Selbst Umeko, die sich immer aufopfernd um ihn kümmert, wird nicht besonders nett von ihm behandelt. Doch als auf der Oberschule der fröhliche und beliebte Matsu in das Leben der beiden tritt, ändert sich mit einem Mal alles: Seine positive Art lässt erobert ihre Herzen im Sturm. Während die drei nach außen hin wie eine unzertrennliche Dreierclique wirken, merken sowohl Take als auch Umeko, dass sie sich in Matsu verliebt haben... Aber ist es wirklich wert, dafür die Freundschaft zu riskieren?

In DREI BÄNDEN abgeschlossen!

Romance • ab 14 Jahren
Großtaschenbuch • schwarz-weiß/farbig
ca. 210 Seiten • 12,5 x 18 cm

HAYABUSA
www.hayabusa-manga.de

hayabusa_manga HayabusaTweets

Blue Flag
KAITO
1
CARLSEN MANGA!

moving forward
Nagamu Nanaji
Ein Mädchen – ein Lächeln – ein Blog
Kuko, 15, prescht voller Energie durch ihr Leben im malerischen Kitano-Viertel von Kobe. Sie bloggt über ihren Teenageralltag und weder ihr Vater noch ihre Freunde ahnen, was Kuko wirklich auf der Seele liegt: Die Frage nach dem Sinn des Lebens.
Leidenschaft & Freiheit! Eine starke Heldin blickt nach vorn, mit einem Lachen!
Nagamu Nanaji
1
moving forward
CARLSEN MANGA!
ARUITOU © 2011 by Nagamu Nanaji / SHUEISHA Inc.
CARLSEN MANGA!
www.carlsenmanga.de

Where the Dragon's Rain Falls

C Lines
2024 Carlsen Verlag GmbH * Völckersstraße 14-20 * 22765 Hamburg
Aus dem Koreanischen von Jessica Walther
WHERE THE DRAGON'S RAIN FALLS

German edition published by arrangement with D&C MEDIA through Orange Agency.
Redaktion: Lena Dilger
Herstellung: Lena Voigt

ISBN: 978-3-551-80348-1

carlsen.de/webtoons
carlsen.lnk.to/CarlsenSocialMedia
hayabusa_manga
carlsen_manga

MIX
Papier aus verantwortungsvollen Quellen
FSC® C100431
www.fsc.org

Wir produzieren nachhaltig
• Klimaneutrales Produkt
• Papiere aus nachhaltigen und kontrollierten Quellen
• Hergestellt in Europa